Les Contes

De la même autrice

Chez le même éditeur

La tête en arrière, 2010

Le vent dans la bouche, 2013

Comment on freine ? *suivi de* Tableaux de Weil, 2015

J'empêche, peur du chat, que mon moineau ne sorte, 2017

Papiers, 2019

Une forêt dans la tête, 2021

Jacob et Wilhelm Grimm

Les Contes

Un genre *de traduction de Violaine Schwartz*

Précédé de Elle était une fois

P.O.L

33, rue Saint-André-des-Arts, Paris 6e

Je remercie la Fondation Jan-Michalski,
la région Île-de-France et l'Atelier du Plateau
de m'avoir chaleureusement soutenue dans ce projet.
Ainsi que Lucie Taïeb, Pierre Baux, Nikola Tietze
et Dominique Heymann, pour leur lecture attentive
et leurs conseils avisés, Serge Bloch pour les illustrations.

ISBN : 978-2-8180-5886-2
www.pol-editeur.com

La littérature enfantine, mythologie, contes, récits, reflète les mythes créés par l'orgueil et les désirs des hommes : c'est à travers les yeux des hommes que la fillette explore le monde et y déchiffre son destin. [...] *La petite fille apprend que pour être heureuse, il faut être aimée ; pour être aimée, il faut attendre l'amour. La femme c'est la Belle au bois dormant, Peau d'Âne, Cendrillon, Blanche-Neige, celle qui reçoit et subit. Dans les chansons, dans les contes, on voit le jeune homme partir aventureusement à la recherche de la femme ; il pourfend des dragons, il combat des géants ; elle est enfermée dans une tour, un palais, une caverne, enchaînée à un rocher, captive, endormie, elle attend. Un jour mon prince viendra…*

Simone de Beauvoir, *Le Deuxième Sexe*

Prologue

C'est par le biais du théâtre que je suis *tombée* dans les *Contes* de Grimm.

En effet, le comédien Pierre Baux et le violoncelliste Vincent Courtois, habitués à les jouer depuis très longtemps (au moins deux mille ans), m'ont proposé d'en traduire deux ou trois, à l'occasion d'une reprise du spectacle au festival 543, à deux pas de la frontière espagnole.

J'ai accepté.

Comme quoi, du nord au sud, tous les chemins mènent à Grimm.

Pour répondre aux exigences du plateau, j'ai tenté d'être au plus près de l'oralité que j'entendais dans le texte d'origine : une langue très simple, répétitive, musicale et minimaliste, faite pour être dite.

Je me suis prise au jeu et j'ai continué, loin de la commande d'origine, à m'approprier cet exercice littéraire si passionnant, si difficile, si nécessaire aussi pour agrandir le monde.

J'ai pris deux libertés par rapport à Jacob et Wilhelm Grimm.

D'abord, j'ai basculé le texte au présent, pour pulser la narration, la rendre plus incisive, plus adaptée à l'oral. Il me semble que ce procédé dynamise la forme sans dénaturer le propos.

Ensuite, je me suis permis d'inverser les genres.

J'ai mis *il* pour *elle* et *parâtre* pour *marâtre.*

Je n'ai changé que ça, je n'ai rien rajouté, ni réécrit.

Mais ai-je dépassé le cadre de la traduction en donnant des épées aux princesses et des larmes aux fils de roi ?

Vous me direz.

Je vous ai écrit un conte à ma façon pour vous expliquer comment j'en suis arrivée là.

Et maintenant je cède à la place à *il était une fois…*

Bonne lecture.

Violaine Schwartz

Elle était une fois

Il était une fois une femme qui trouva dans une vaste forêt profonde un livre grand ouvert abandonné sous un sapin

On aurait dit qu'il l'attendait depuis toujours

Le vent faisait tourner les pages dans un murmure d'enfance et de terreur

C'était les *Contes* de Grimm

Les *Contes* des frères Grimm

Sans réfléchir

Elle se laissa tomber par terre

Dans le vert tendre de la mousse

Dans le coussin des ombres

Et elle commença à lire la première histoire qui se passait justement dans une forêt profonde

Comme si celle qui l'entourait était venue se poser miraculeusement entre ses mains

En lignes parfaites jetées vers l'inconnu
En lettres noires tendues jusqu'au bout du ciel
Et soudain – et là il faut isoler ces deux syllabes comme suit

Soudain

Et passer au présent pour bousculer l'oreille chavirer l'action muscler le récit et donc

Soudain

Une branche craque quelque part
Une vraie branche dans la vraie forêt
Et la petite fille de l'histoire se met à pleurer à chaudes larmes
Exactement au centre de la page
Pile en écho

Et elle ?
Elle pas
Elle quand même pas
Mais son cœur dedans fait

DOUDOUM-DOUDOUM-DOUDOUM

Pourtant elle n'est plus une petite fille depuis longtemps

Elle est même mère marâtre et bientôt déjà vieille

Pourtant elle n'a aucune envie d'être le vrai corps de la petite fille des *Contes* de Grimm

Pour toujours avec une forêt qui craque dans le cœur

Pourtant elle tente d'oublier tout ce qu'on lui a chanté depuis des siècles et de piétiner la bouche vermeille et le teint pâle et le cœur de faon et les pommettes jolies et le rose gnangnan et il faut souffrir pour être belle et comment maigrir sans faire de sport et fuseler sa ligne cool

Pourtant oui

Mais c'est plus fort qu'elle et ça vient de loin

Du fin fond de tous les temps

Du fin fond de toutes les veillées au coin de toutes les cheminées et de tous les Disney

Et elle a beau lutter et s'arc-bouter
Ça cogne fort à l'intérieur

DOUDOUM-DOUDOUM-DOUDOUM

« Il y a quelqu'un? » dit-elle d'une voix qu'elle voudrait forte mais qui n'est qu'un souffle de biche effarouchée
Mais rien personne

....

Juste un puzzle de lumière
Juste le souffle de son imagination au galop
Juste une feuille qui danse avec une mouche qui tourbillonne dans l'oblique d'un rayon d'or

Alors elle se ressaisit
Elle se souvient qu'elle est presque déjà vieille et mère et marâtre de surcroît
Et elle regarde à droite à gauche au fond des perspectives et sous les écorces

Et

Ni sorcière ni dragon ni loup ni géant ni ogre ni orage ni rien

Donc ouf la chamade se calme

Et la forêt s'allonge à nouveau dans le livre

Noire sur fond blanc apprivoisée

Et elle tourne la page un peu cornée

Et la marâtre danse dans des escarpins de fer rougis par le feu jusqu'à ce que mort s'ensuive et ils vivent heureux jusqu'à la fin des temps

Et puis c'est *Il était une fois*

Une autre fois ma foi

Alors elle se jette avec avidité sur le deuxième conte et puis c'est déjà le troisième et elle le dévore et là

là

là

(trois comme toujours dans les *Contes* de Grimm)

Un oiseau flamboyant monte haut dans le ciel

FLAFLAFLAFLAFLA vous l'entendez?

Et elle sans savoir pourquoi
Elle regarde le livre grand ouvert dans sa main
Et il est chaud
Et il palpite comme s'il était vivant
Et les pages frémissent à peine à peine mais quand même
Et très lentement elles se rembobinent
Très lentement jusqu'au tout début du livre
Et de nouveau c'est *Il était une fois*

Mais cette fois c'est comme la *première* fois

Comme quand elle était toute petite chez sa grand-mère qui lui racontait cette histoire qu'elle tenait elle-même de sa propre grand-mère etc.

Et le livre était imprimé en lettres gothiques avec des majuscules cathédrales et des gravures effrayantes de nez crochus et de robes déchirées par les ronces dans la vaste forêt profonde

Et après c'était toujours le noir qui arrivait comme un mur informe de terreur avec le froid qui battait la vitre jusqu'au bout des doigts

« Et tu peux laisser la porte ouverte ?
– Non mais la lumière reste allumée dans le couloir
– Et y a personne sous mon lit ?
– Mais non *Miesele schlof guet* »

Et heureusement que le lit était moelleux sous l'édredon plume, et la chambre joyeuse, tapissée années 1970 d'une forêt bleu et mauve, avec des branches courant de lé en lé, parfois mal ajustées, comme ivres se dédoublant

Et donc ?

Et donc elle lit cette histoire dans une vraie forêt comme autrefois elle l'écoutait dans une fausse

Il était une fois, il y a très longtemps maintenant, peut-être deux mille ans, un homme riche qui avait une femme belle et pieuse, et ils s'aimaient très fort mais

Mais en fait non

En fait c'est *presque* comme chez la grand-mère mais pas tout à fait

C'est comme si les mots avaient bougé

dansé

un peu

Comme s'ils étaient dans une autre tonalité

Ternis floutés mal ajustés

Car même si sa grand-mère était née dans une Alsace annexée par l'Allemagne

Même si elle devait tenir cette histoire de sa propre grand-mère qui avait dû la lui raconter en allemand ou plutôt en alsacien

Même si elle-même à la fin des années 1970

Avait appris l'allemand dès l'âge de onze ans en bonne Strasbourgeoise qu'elle était

Mais pas l'alsacien, jamais l'alsacien, se disait-elle alors

Et quel dommage, se dit-elle maintenant

L'alsacien, c'était pour les ploucs avec accent, les bouseux de la campagne

Et comme elle se moquait d'eux dans la cruauté des cours de récré

Allez hopla geiss !

Et déjà c'était la lutte des classes, avec les Alsacos d'un côté, orientés le plus souvent vers les classes professionnelles, et les bourges de l'autre, qui avaient les moyens de voyager de par le vaste monde et d'avoir les bons habits avec les bonnes étiquettes, campés dans leur arrogance, toujours au dernier rang, à envoyer des boulettes de papier mâché au plafond, à graver les tables de caricatures de profs au stylo bille, car eux, ils pouvaient se rattraper le soir à la maison, eux, ils avaient un horizon couvert de livres et surtout ils n'avaient pas cette façon de parler qui sentait le purin et qu'est-ce qu'elle était conne alors, se dit-elle maintenant !

Mais oui vraiment !

D'autant plus que sa grand-mère avait cet accent-là quand elle l'appelait par la fenêtre

Miesele

Ce qui veut dire *petite souris* en alsacien

ou

Schätzele !

Petit trésor

Oui vraiment qu'est-ce qu'elle était conne car elle adorait sa grand-mère qui disait *Miesele* ou *Schätzele* par la fenêtre à l'heure de passer à table et *bredele flammekueche kougelhopf spätzele fleischknäpfle* et *bibeleskas* et rien que d'y penser elle en salive encore

Et donc ?

Et donc même si tout ça et la frontière à deux pas

Sa grand-mère lui racontait cette histoire dans une *traduction* en français mais ce n'est pas celle qui frémit dans sa main et la première phrase qu'elle vient de lire n'est pas *tout à fait* la bonne

Presque mais pas tout à fait

Et voilà que soudain

Aussi soudain qu'une branche qui craque dans une vaste forêt profonde

Elle a comme une envie brutale et impérieuse et irrésistible et folle d'explorer cette histoire dans tous les sens de tous les mots avec des mots dans tous les sens

« Je vais mourir si je ne le fais pas », se dit-elle

Et elle décide presque malgré elle
Mais comment y résister
C'est comme un charme

Elle décide de partir à la recherche de toutes les traductions qui existent déjà de cette première phrase
Et de toutes les phrases
Pour l'entendre encore mais d'une autre façon
Pour les entendre encore mais de toutes les façons

Et elle traverse sept mers et sept montagnes et elle écume bibliothèques, librairies et sites de vente en ligne
Et des traductions
Il y en a autant que d'époques que de plumes que de choix que d'échecs
Il y en a des bonnes et des mauvaises
Des savantes et des grossières

Des avec des notes de bas de page pour les docteurs ès contes et des avec des illustrations pour les enfants

Et même des avec des gravures en noir et blanc faites par un troisième frère Grimm

Ludwig Emil Grimm

Le plus jeune des Grimm

Le petit dernier

Car c'est admirable mais c'est vraiment une histoire de famille cette histoire

Cette histoire d'histoires destinées aux familles justement

Kinder und Hausmärchen

C'est-à-dire *Contes pour les enfants et la maison*

D'une part c'est admirable

D'autre part effrayant

Car les familles y sont cauchemardesques détestables et à vomir

Marâtres cruelles mères mortes pères veules sœurs jalouses frères ennemis

Et même si pour conclure

Ils vécurent heureux jusqu'à la fin de leurs jours

Ce n'est jamais qu'une seule phrase jetée à la hâte dans un bonheur bâclé et la morale est sauve

Et donc elle arpente sans relâche le pays des *Contes* de Grimm qui viennent du siècle d'avant
Du pays d'à côté
Et de plus loin encore
De l'Égypte ancienne et de la Chine

Et ce pays est un continent
Et ce continent le monde entier
Le monde entier de l'humanité

Et plus elle en lit plus elle veut en lire
C'est comme une soif à l'intérieur de sa gorge une mélancolie lancinante
Et voilà qu'un matin

Un matin d'hiver

Alors qu'elle est justement revenue chez sa grand-mère qui n'est plus
Alors qu'elle est couchée dans une forêt bleue de mémoire, où rien n'a bougé dans la

chambre d'enfant sauf le vieux livre en lettres gothiques qui a disparu des étagères, et quel dommage, et elle l'a cherché partout dans la maison des reliques et elle a trouvé un ours borgne mais pas le livre, une paire de souliers pour aller au bal mais pas le livre, un coffre avec une serrure en fer bien coupante mais pas le livre, un dragon sur une théière chinoise mais pas le livre, une cage à oiseaux ouverte mais pas le livre, une timbale en or mais pas le livre, un petit béret rouge mais pas le livre, un trousseau de clés cliquetantes mais pas le livre

Et donc ?

Et donc soudain dans son lit décoloré
Voilà qu'elle entend très distinctement une voix qui lui murmure comme à l'oreille

« Il était une fois une femme qui »

Mais ce n'est pas la voix de sa grand-mère avec accent
Non
D'ailleurs les fantômes n'existent pas

Bien sûr que non

Elle le sait très bien depuis qu'elle a vu sa grand-mère traverser le couloir l'année d'après sa mort

C'était il y a bien longtemps maintenant

Peut-être deux mille ans

Elle était venue là pour trier classer donner évacuer nettoyer débarrasser vider jeter

Tout ce qui reste de la vie après la vie

Mais devant l'ampleur de la tâche

Et parce que la faïence est plus forte que le cœur des humains et la petite robe en cours sur la Singer à pédale manchote pour l'éternité

Elle s'était simplement couchée pendant toute une semaine

Et rien fait et tant pis

Mais voilà qu'une nuit

Soudain

soudain

soudain

Elle avait vu sa grand-mère traverser le couloir d'un pas furtif

À peine vue déjà disparue

Dans les points de suspension de son insomnie

....

Et bien sûr ce n'était pas sa grand-mère même si c'était tout à fait sa grand-mère

Bien sûr que non

C'était juste l'envie de sa grand-mère

Et donc là beaucoup plus tard dans la même chambre et dans la même immobilité c'est pareil

DOUDOUM-DOUDOUM-DOUDOUM

Cette voix qui dit

« Il était une fois une femme qui »

Ce n'est pas sa grand-mère avec accent

Bien sûr que non

Même si ça y ressemble fort

Mais alors se dit-elle soudain
C'est peut-être mère-grand ?
Ou Blanche-Neige Cendrillon Gretel Raiponce Dame Holle Jorinde et consorts ?

Car oui c'est une voix cassée de vieille femme de marâtre de sorcière de princesse de nourrice de morte en couche de petite fille de cadavre de reine d'ondine de magicienne et de grenouille

C'est une voix multiple et divisée en sous-branches qui traîne au plafond

Et elle est rauque et vilaine et naïve et envoûtante et douce et geignarde et chantante et menteuse et épouvantable et épouvantée et humiliante et humiliée et brûlante et brûlée et capiteuse et décapitée tout à la fois en stéréo

C'est la chorale de toutes les femmes superposées des *Contes* de Grimm

Entassées dans l'effroi l'aigreur l'attente l'ennui l'entrave et l'enfer

Une chorale qui fait froid dans le dos

« Il était une fois une femme qui était »

Mais soudain encore
encore
encore

Une voix s'extirpe du lot pour hurler en solo

« Mais pourquoi toujours *Il*?
Il au début de chaque Conte?
Il à l'aplomb de tout?
Il faut renverser tout ça
Désormais ce sera *Elle*
Elle était une fois
Pour toujours et à jamais »

Et voilà que toutes maintenant
Toutes elles scandent à l'unisson le même slogan

« Elle était une fois elle était une fois elle était une fois elle était une fois elle était une fois elle était »

Et voilà qu'elle aussi

Oui

Elle aussi elle se surprend à dire d'une voix forte

« Elle était une fois »

Pour rejoindre le chœur des femmes et se sentir moins seule sous son édredon

Mais à peine a-t-elle parlé qu'elles se taisent illico

Comme si elles attendaient d'elle quelque chose, mais quoi ?

Comme si elle devait continuer toute seule, mais comment ?

....

Et le silence l'avale tout entière
Et plus rien ne bouge à l'orée du lit
Comme avant l'orage
Alors là elle se dit
Il faut que j'arrête les *Contes* de Grimm
C'est en train de m'ensorceler la tête

Mais voilà que

FLAFLAFLAFLAFLA vous l'entendez?

Un oiseau traverse la pièce à tire-d'aile
En diagonale comme le soleil
Et il se pose sur une branche bleu marine juste au-dessus de son oreiller
Et elle a comme l'impression de l'avoir déjà vu quelque part, mais où?

Et en l'observant de plus près

Il est très beau
Il est flamboyant

Elle remarque qu'il cache quelque chose sous son aile en or
Quelque chose qui dépasse un peu des plumes
Mais ce n'est pas une pomme
Ce n'est pas une clé
Ce n'est pas un couteau
Ce n'est pas une balle en or
Ce n'est pas un peigne
Ce n'est pas un fuseau
Ce n'est pas une miette

Ce n'est pas une casserole
Ce n'est pas une pantoufle
Ce n'est pas une pierre
Ce n'est pas un miroir
Ce n'est pas un oiseau non plus
Mais alors du coup c'est quoi ?
Et si on demandait à l'oiseau ?

Alors elle le touche délicatement du bout du doigt et elle lui dit

« Bonjour bel oiseau qu'est-ce que tu caches sous ton aile en or ? »

Et alors
Et alors là
Et là

Il la regarde fixement de son œil peint
On dirait qu'il la jauge
Et ça dure et ça dure
Et elle tombe à l'intérieur de sa pupille de diamant
Une seconde ou mille ans

Et puis pour finir
Il lui dit

« Si tu me promets de travailler
Jusqu'au bout du bout du bout
Sans jamais te décourager
Alors j'te donne mon joujou ! »

Alors là
Poussée par une curiosité dévorante
En vraie femme grimmesque qu'elle est devenue à force de lire leurs contes
Elle répond pire que la femme de Barbe-Bleue
Sans savoir ni quoi ni où ni quand
Quel travail ?
Quel bout du bout du bout ?
Quel joujou ?
Elle répond avec avidité

« Je te le promets »

Alors l'oiseau flamboyant glisse son bec en or sous son aile en or

Et son œil de mille feux se plisse à peine un peu

Et c'est comme un sourire

Et puis soudain

Un gros livre tombe par terre juste au pied du lit

POF

Et sur la couverture il y a écrit

Brüder Grimm. Kinder und Hausmärchen

Et il est *presque* en lettres gothiques

Presque ouvragé de nostalgie

Comme celui qu'elle a cherché partout dans la maison morte

Et il brille dans sa main comme de l'or pur

On dirait *presque* qu'il respire en lieu et place de sa grand-mère

C'est magnifique

Et maintenant l'oiseau s'endort tranquillement sur sa branche

Il s'endort tellement qu'il rentre dans le mur

Et voilà qu'il n'est plus lui non plus

....

Et elle

Elle considère le travail à venir

Et maintenant elle sait très bien ce qu'il s'agit de faire

Bien qu'elle ne sache pas du tout comment s'y prendre

Car elle n'est pas spécialiste en la matière

Il s'agit tout bonnement de mettre une langue dans une autre

Mais où est la baguette magique pour le faire ?

Car enfin quoi ?

Comment séparer les sons des sens tout en respectant un cadre établi ?

Comment être fidèle tout en trahissant ?

Comment rester soi-même tout en étant autre ?

Comment rater au mieux sans désespérer ?

Mais allez courage se dit-elle

Ce qui est dit est dit
Et l'oiseau s'en souvient

Et la voilà donc qui épluche des dictionnaires et qui compulse des grammaires
De langue source en langue cible
Et la voilà qui ~~rature~~ et qui recommence qui ~~rature~~ et qui recommence qui ~~rature~~ et qui recommence
Et ses journées deviennent une suite de mais oui mais non mais quand même mais d'un autre côté mais d'autre part mais en même temps mais pas tout à fait mais presque
Et chaque mot est un dilemme un piège un éventail de sens et un mystère
Et chaque phrase une nouvelle énigme à déchiffrer
Une nouvelle figure de l'échec

Et cible et source se déplient devant elle comme une vaste forêt profonde
Comme le dessous d'un lac
Comme un miroir fidèle
Comme un château hanté
Comme une chambre ensanglantée

Comme un cheval au galop
Comme une journée sans fin
Avec le sol qui bascule sous la multitude des possibles
Dans la sueur des doutes

Et parfois le soir elle n'arrive même plus à construire une phrase ni dans une langue ni dans l'autre
Car elles se contaminent à force de se frotter de se chercher de rentrer l'une dans l'autre
Et la cible remonte *manchmal* jusqu'à *der* Source
Und parfois *die Quelle der Zielsprache* inonde

Et parfois dès le titre c'est déjà mais oui mais non mais quand même mais pas tout à fait mais presque
Comme avec *Dornröschen* par exemple
Rien que d'y penser c'est déjà total *schrecklich*

Mot à mot ça veut dire Petite Rose d'épine
Mais c'est trop long
Ou Rosette d'épine
Mais qui voudrait s'appeler comme ça?

Ou Rose d'épine
Mais où est passée la nuance du diminutif?
Ou Fleur d'épine
Mais pareil
Ou Petite Églantine
Qui a bien des épines d'après Wikipédia mais qui le sait?
Ou Petit Piquant de rose
Mais pas très Princesse
Ou
ou
ou

Et on peut chercher jusqu'à la nuit des temps et éplucher tous les synonymes de rose et les manuels de botanique

Rien ne va quand on pense à *La Belle au bois dormant*

Évidemment

Et bien sûr on peut décider de traduire *Dornröschen* par *La Belle au bois dormant*

Tout le monde la reconnaît dans *Dornröschen* alors pourquoi se gêner?

D'ailleurs très souvent dans les *Contes* de Grimm en français on trouve *La Belle au bois dormant* alors que *Dornröschen* veut dire tout à fait *autre chose*

Tapez *Dornröschen* sur internet pour voir

Aussitôt *La Belle au bois dormant* va venir s'allonger sur votre écran

Et c'est très grave parce que si vous ne comprenez pas l'allemand

Ce qui est assez répandu à notre époque

Vous allez vous dire par exemple que *Dorn* a la même étymologie que *dormir* ou *dormant* d'où *le bois dormant* alors que pas du tout

Dorn signifie *épine* et *Röschen petite rose*

Il n'y a donc pas l'ombre d'une *belle* ni d'un *bois* dans *Dornröschen*

Et de surcroît permettez, mais si Jacob et Wilhelm avaient absolument tenu à avoir une *Belle au bois dormant*

Ils auraient écrit *Die Schöne im schlafenden Wald* et non pas *Dornröschen*

Alors pourquoi se sont-ils permis de renommer la pauvre princesse ?

Voilà la vraie question

Pour la germaniser à coups d'épine ?

Pour la voler à Charles Perrault ?

Mais dans ce cas où se situe leur fidélité à l'original ?

Et faut-il être fidèle à leur infidélité ?

Et quelle est l'origine de l'original ?

Et qu'en est-il de la fidélité de l'original à l'origine ?

Et des questions de cet acabit peuvent l'accaparer des journées entières

De même la récurrence des *und da* toutes les trois lignes dans la plupart des *Contes* de Grimm

Und da qu'on peut traduire par *et alors* ou *et là*

Et bien sûr elle s'efforce d'être méthodique bien sûr c'est la base et elle utilise chaque fois le même mot pour dire *und da* mais il change selon les jours et les humeurs

Et un jour c'est *et là* et le lendemain c'est *et alors*

Et parfois elle combine les deux en une seule formule et elle écrit *et alors là*

Et parfois aussi elle s'arrange

Un peu

Un tout petit peu

Mais que ça reste en nous, merci

Elle pratique en douce l'alternance et elle écrit tantôt *et là* tantôt *et alors* et tantôt *et alors là* mais immédiatement elle se reprend

Et elle efface tout ce qu'elle vient d'écrire avant d'être prise en flag

⌧+X à toute berzingue

Et parfois aussi pire encore

Elle détourne carrément un *und da*

Ni vu ni connu et hop

Et un *et alors* ou un *et là* devient un *cependant* ou un *pourtant* ou encore un *or* parce que ras le bol de toujours les mêmes mots et pour faire plus genre *Contes* de Grimm

Mais aussitôt elle le regrette

Et elle se jette sur le raccourci clavier Rechercher et le *cependant* de la page 7 redevient un *et alors*

⌧+F vite vite vite

Et puis le lendemain tous les *et alors* de toutes les pages redeviennent à nouveau des *et là*

Et ainsi de suite avec la ⊠
Empoisonnée peut-être

Et si vous ne savez pas quoi faire de votre vie
Un dimanche solitaire par exemple
Un lundi de pluie
Une semaine de rien
Lancez-vous dans un petit exercice de traduction et vous vous retrouverez propulsés dans un temps *dornröschig* où l'univers danse en boucle sur deux phrases minimalistes
Sur deux mots qui en portent mille
Sur deux mots qui emportent loin

~~Et là il sort son grand couteau~~
~~Et là elle crie par la fenêtre~~
~~Et alors il sort son grand couteau~~
~~Et alors elle crie par la fenêtre~~
~~Et alors là il sort son grand couteau~~
~~Et alors là elle crie par la fenêtre~~

Mais quelle drôle de musique que cette *Grimmérature*, se dit-elle souvent
Est-ce pour mieux choper les enfants ?

Ou simplement pour retranscrire l'élan de l'oralité ?

Pour voler l'oral à la veillée ?

Même si l'histoire des deux frères battant la campagne et passant de chaumière en chaumière pour collecter des histoires est juste une histoire de plus

Un conte chapeautant les *Contes*

Car ils n'ont pas tellement bougé de leur bureau

Désolée de vous décevoir

Des gens sont venus leur dire ce qui se dit au coin du feu à la veillée

Des gens appartenant à la haute bourgeoisie de Kassel de surcroît

C'est donc un oral de seconde main

Un oral populaire rapporté

Reconstruit

Fantasmé

Et de surcroît[2]

Il est intéressant de constater

Intéressant d'une part et consternant de l'autre

Que ces gens de la haute bourgeoisie de Kassel s'avèrent être le plus souvent de sexe féminin

Ce sont donc des *Frauen* et des *Fräulein* de bonne famille qui ont décidé de faire circuler jusqu'à nous ces histoires où les femmes sont ce qu'elles sont dans les *Contes* de Grimm et dans notre vieille mémoire

Soit pucelles soit cruelles
Soit pures soit dures
Soit charmantes soit méchantes
Soit candides soit fétides
Soit geignardes soit vachardes
Soit mauviettes soit abjectes
Soit niaises soit mauvaises

Rien que des mauvaises rimes fourrées dès le plus jeune âge dans les cerveaux d'enfants

Et comment sortir de là ?

....

Et maintenant
Va savoir pourquoi
Elle regarde par terre
Sous son bureau

Comme si elle était guidée par une force inconnue

Et là
Oui là

Elle trouve une plume en or
Juste de la taille de sa main

Alors elle l'attrape délicatement
Et puis elle se jette sur son tiroir pour trouver la bouteille d'encre qui va avec
Mais elle a séché depuis le temps
Et de surcroît elle ne sait pas écrire à la plume
Elle fait trop de ratures
Et comment changerait-elle d'un jour sur l'autre un *et alors* en *et là*?
Il lui faut la ⊠

Alors elle plante la plume dans son chignon
Comme une guerrière
Comme une mariée
Comme une chamane

Et immédiatement elle entend à nouveau

« Elle était une fois elle était une fois elle était une fois elle était une fois elle était une f

Et par-derrière en surimpression

Elle entend la cohorte des marâtres ricaner comme des hyènes

Et la procession des jeunes vierges pleurer comme des crocodiles

Et la marée des mères mourir comme des mouches

Et la volée des princesses dormir comme des loirs

Toujours le même bestiaire depuis des lustres

Pour Blanche-Neige Dame Trude Raiponce Lise la maigre La Jeune Fille sans main et consorts

Et elle voudrait bien leur offrir des lions et des chevaux et des chiens fidèles et de nouvelles aventures mais comment faire bouger les lignes anciennes qui tracent au creux des mains toujours les mêmes chances les mêmes cœurs les mêmes vies ?

....

Et soudain
Aussi soudain qu'un ciel qui se déchire

Ce n'est pas sa grand-mère mais sa fille de vingt ans qui traverse le couloir d'un pas pressé
Oiseau bleu tatoué sur l'épaule et piercings
À peine vue déjà disparue
À l'orée des points de son ordi

....

Alors elle revient à son travail en cours
Son histoire du jour

Et là
Oui là

Elle se voit d'en haut penchée sur son bureau

Comme les *Frauen* et les *Fraülein* du temps jadis

Elle qui est mère marâtre et bientôt déjà vieille
Elle colporte les vieilles rengaines pour les enfants à venir
Elle aussi
Elle façonne leurs âmes de clichés mortels
Elle aussi
Elle ligote leurs cœurs de schémas toxiques
Elle aussi
Oui elle aussi

« Mais maintenant stop basta ça suffit », dit-elle soudain
Et sa voix n'est plus celle d'une biche effarouchée
Elle porte loin jusqu'au bout du bout du bout

« Il faut changer de temps
Écoutez-moi Jacob Wilhelm filles de roi sorcières chasseurs meuniers et consorts
Le monde change

Il danse il court il chante
Il a des cheveux bleus comme la forêt
Et son vieux cœur de jeune bat la chamade
Vous l'entendez ?

DOUDOUM-DOUDOUM-DOUDOUM

Savez-vous Marâtres qu'il existe maintenant tout exprès pour vous le Club des marâtres ?

C'est à Vanves et voilà l'adresse : contact@clubdesmaratres.fr

Savez-vous Sorcières que vous êtes à la proue des manifs féministes ?

Vous faites un carton en librairie
Allez-y voir c'est du sérieux

Savez-vous Méchantes Reines qu'il existe des miroirs correcteurs et des sérums au cachemire gorgés d'actifs révolutionnaires ?

Savez-vous Jeunes Vierges Écartelées que Barbe-Bleue tremble de peur à l'orée de son procès ?

Savez-vous Grenouilles que vous êtes une espèce en voie de disparition ?

Savez-vous Vastes Forêts Profondes que vous brûlez de la Bretagne à l'Australie ?

Savez-vous Dragons que vous êtes devenus des figurines en plastique *made in China* ?

Savez-vous Princesses que vous pouvez devenir Princes et inversement ?

Savez-vous que si Elle, si Il, le souhaite, ou ni l'un ni l'autre ou les deux à la fois, on peut dire

Iel était une fois

Mais oui mais oui

Alors si vous m'y autorisez

Cher.ère.s ami.e.s des *Contes* de Grimm

(Désolée mais il faudra aussi vous habituer à l'écriture inclusive)

On va donc décider allez hop que Blanche-Neige est Flocon Blanc

Et la marâtre parâtre
Et tac !

Ce n'est pas pour faire souffrir les hommes autant que les femmes
Mais non
C'est juste pour faire une petite expérience
Histoire de voir ce qu'il y a dans le miroir
Quand on le retourne

On va dire que *Dornröschen* est un petit garçon
Le plus joli petit garçon du monde
Et on va l'appeler Petit Églantier
Comme ça
D'une pierre deux coups et ni vu ni connu
On se débarrasse du problème *Dornröschig*
Et on rebat les codes

Opération magique

Les princesses seront plus fortes que les ronces
Et les princes auront enfin l'autorisation de pleurer

Car pour eux aussi c'est traumatisant de vivre dans les *Contes* de Grimm

Qu'est-ce que vous croyez ? »

Et donc

Et donc elle se jette sur ⌧+F et tous les *ils* de toutes les pages deviennent des *elles* et inversement

Et elle s'amuse genre à changer les genres de toutes les histoires

Mais qu'en est-il de la fidélité lorsqu'on touche aux sexes ?

La fidélité à l'original

La fidélité aux origines

L'Éternel féminin

Le Prince charmant

Et peut-on encore appeler ce travail *Traduction* ?

Ne vaudrait-il pas mieux dire *Adaptation* ?

Ou *Réécriture* ?

Mais alors pourquoi avoir pesé si patiemment chaque mot de la langue source à la langue cible si finalement tout se renverse au bout du bout du bout ?

Et qu'y a-t-il derrière le bout du bout du bout ?

Et qu'en diraient Jacob Wilhelm et l'oiseau flamboyant ?

Et sa grand-mère avec accent ?

Et sa fille de vingt ans ?

Et donc maintenant son cœur fait

DOUDOUM-DOUDOUM-DOUDOUM

Car vous allez tourner la page et découvrir

....

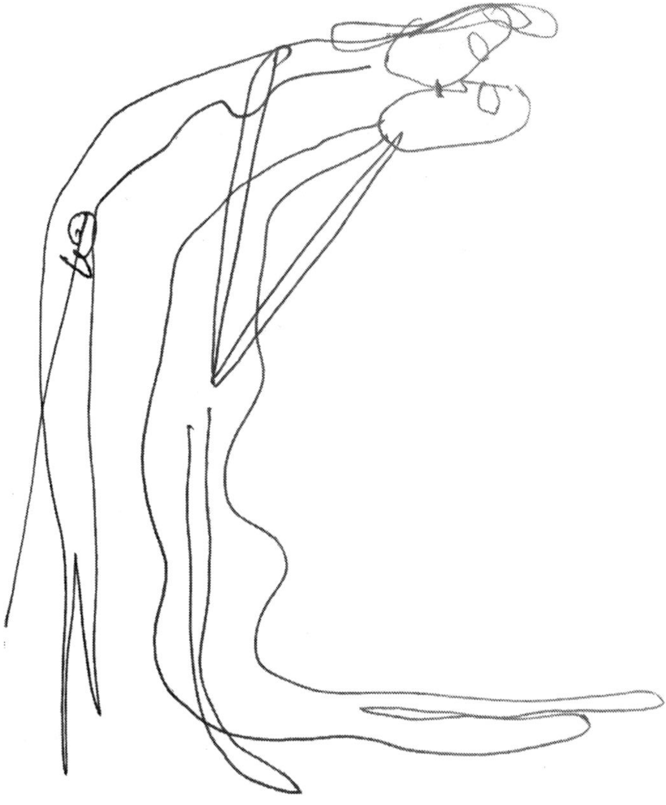

Jacob et Wilhelm Grimm

Les Contes

Un genre *de traduction de Violaine Schwartz*

La bouillie sucrée

Il était une fois un petit garçon, pauvre et pieux, qui vivait tout seul avec son père, mais ils n'avaient plus rien à manger.

Alors l'enfant s'en alla dehors dans la forêt, et voilà qu'il rencontre une vieille femme qui devine sa détresse alors elle lui donne une petite casserole, à qui il faut dire : « Petite casserole, fais la cuisine. »

Et là, la petite casserole cuisine une bonne bouillie de millet bien sucrée.

Et quand on lui dit : « Petite casserole, arrête ! », alors elle s'arrête.

Le petit garçon rapporte donc la casserole à son père et depuis, ils sont débarrassés de la misère et de la faim et ils mangent de la bouillie sucrée aussi souvent qu'ils le désirent.

Mais voilà qu'un jour, alors que le petit garçon est sorti, le père dit : « Petite casserole, fais la cuisine ! »

Et alors la petite casserole fait la cuisine et le père mange à s'en crever la panse.

Et maintenant, il voudrait bien que la petite casserole s'arrête mais il ne sait plus le mot qu'il faut dire.

Alors la casserole continue de faire la cuisine et la bouillie déborde de partout et la casserole continue encore et encore et la bouillie remplit la cuisine et toute la maison, et puis la maison d'à côté, et puis toute la rue, c'est comme si la casserole voulait gaver le monde entier, et c'est une catastrophe, et personne ne sait plus quoi faire.

À la fin, il ne reste plus qu'une seule maison épargnée par la bouillie, alors le petit garçon rentre chez lui et il dit : « petite casserole, arrête ! »

Alors elle s'arrête, elle arrête de faire la cuisine et maintenant, pour se frayer un chemin dans cette ville, il faut d'abord tout manger !

*

Der süße Brei. La bouillie sucrée. *Ici, la mère et sa fillette sont devenues père et petit garçon. J'ai rencontré une vieille femme dans la forêt qui m'a donné une casserole pour effectuer cette opération.*

Petit Églantier

Il y avait, dans le temps, un roi et une reine qui se disaient chaque jour : « Ah ! Si seulement nous pouvions avoir un enfant ! »

Mais ils n'en avaient jamais.

Or voilà qu'un jour une grenouille sort de l'eau alors que la reine est au bain, elle bondit vers elle et lui dit : « Ton vœu va s'exaucer et avant la fin de l'année, tu vas mettre au monde un petit garçon. »

Ce que la grenouille avait dit se réalise et la reine donne naissance à un petit garçon qui est si mignon que le roi ne se sent plus de joie et organise une grande fête.

Il n'invite pas seulement la famille, les amis et les connaissances, mais aussi les Sages, pour qu'ils soient bien disposés à l'égard de cet enfant.

Il y en a treize dans son royaume, mais comme il n'a que douze assiettes en or pour leur servir à manger, il est obligé d'en laisser un de côté.

La fête est célébrée avec faste et magnificence et, comme elle se termine, chacun des Sages offre à l'enfant un don merveilleux : l'un, la Vertu, l'autre, la Beauté, le troisième, la Richesse, et ainsi de tout ce qu'on peut désirer au monde.

Onze des Sages ont déjà parlé.

Mais soudain le treizième fait irruption.

Pour se venger de ne pas avoir été invité, sans saluer ni même regarder personne, il dit d'une voix tonnante : « Le fils du roi, à quinze ans, se piquera avec un fuseau et trouvera la mort. »

Et sans dire un mot de plus, il fait volte-face et il quitte la salle.

Tout le monde est terrorisé.

Alors le douzième, qui n'a pas encore parlé, s'avance.

Comme il ne peut pas annuler le mauvais présage, mais seulement l'adoucir, il dit : « Le fils du roi ne tombera pas dans la mort mais dans un profond sommeil qui durera cent ans. »

Le roi, pour préserver à tout prix son enfant chéri du malheur, donne l'ordre de brûler tous les fuseaux du royaume.

Quant au petit garçon, les prédictions des Sages se réalisent pleinement, car il est si beau, si sage, si aimable et si raisonnable qu'on ne peut que l'aimer en le voyant.

Il se trouve pourtant que, pile le jour de ses quinze ans, le roi et la reine ne sont pas là et le jeune homme se retrouve tout seul au château. Alors il en profite pour musarder partout, il visite chambres et salons au gré de sa fantaisie, et pour finir il arrive au pied d'une vieille tour.

Il grimpe l'escalier en colimaçon, très étroit, et là il se retrouve devant une petite porte, avec une clé toute rouillée bien enfoncée dans la serrure.

Il la tourne.

La porte s'ouvre d'un coup et alors il découvre une petite mansarde où un vieil homme est penché sur un fuseau, en train de filer du lin.

« Bonjour, petit père, dit le fils du roi. Qu'est-ce que tu fais là ?

– Je file, lui répond le vieux, en hochant la tête.

– C'est quoi cette chose qui danse si joyeusement ? » dit le jeune homme en prenant le fuseau, voulant filer lui aussi.

Mais à peine a-t-il touché le fuseau que le mauvais sort se réalise et qu'il se pique le doigt.

Et à peine a-t-il le temps de ressentir la piqûre qu'il s'écroule sur un lit qui se trouve là et qu'il tombe dans un profond sommeil.

Et ce sommeil contamine tout le château.

Le roi et la reine, qui venaient juste de rentrer, s'endorment dans la grande salle, et toute la cour avec. Et dorment aussi les chevaux dans les écuries, les chiens dans la cour, les pigeons sur les toits, les mouches sur les murs, oui oui, et le feu qui flambait sous la cuisinière se consume et s'éteint, et le rôti arrête de grésiller, et le cuisinier qui voulait tirer les cheveux du marmiton parce qu'il avait gâté une sauce y renonce et s'endort, et le vent se couche, et sur les arbres devant le château plus aucune feuille ne bouge.

Et alors, tout autour du château, une haie d'églantiers pleine d'épines commence à sortir de terre, et chaque année elle devient plus haute et elle finit par envelopper tout le château et le recouvrir totalement.

Si bien qu'on n'en voit plus rien.

Pas même la girouette au sommet du toit.

Et partout dans le pays, une légende se propage sur le beau prince endormi, qu'on appelle désormais Petit Églantier, et des filles de roi se présentent régulièrement pour tenter leur chance et essayer de traverser la haie d'églantiers jusqu'au château. Mais elles n'y arrivent jamais car les épines, comme si elles avaient des mains, s'agrippent les unes aux autres, et les jeunes demoiselles se retrouvent accrochées là-dedans, sans parvenir à s'en sortir, et elles meurent toutes d'une mort lamentable.

Au bout de longues années, une fille de roi se présente à nouveau dans le pays et elle rencontre une vieille femme qui lui raconte que, derrière la haie d'églantiers, il y aurait, paraît-il, un château dans lequel un fils de roi, d'une grande beauté et qui s'appellerait Petit Églantier, dormirait depuis maintenant cent ans, et avec lui le roi, la reine et toute la cour. Par sa grand-mère, elle sait aussi que des filles de roi se sont déjà présentées en grand nombre et qu'elles ont tenté de traverser la haie d'épines mais qu'elles sont restées accrochées là-dedans, et qu'elles sont toutes mortes d'une mort lamentable.

Alors la jeune fille dit : « Moi, je n'ai peur de rien, je vais passer au travers pour aller voir Petit Églantier le magnifique. »

La brave dame a beau l'en dissuader, rien n'y fait.

Or il se trouve que les cent ans viennent juste de s'écouler.

C'est précisément le jour où Petit Églantier doit se réveiller.

Quand la fille de roi s'approche de la haie d'églantiers, elle ne trouve que de grandes fleurs, très belles, qui s'écartent toutes seules sur son passage, sans lui faire aucun mal, et puis qui reprennent l'apparence d'une haie dans son dos.

Dans la cour du château, elle découvre les chevaux et les chiens de chasse couchés par terre, en train de dormir, les pigeons posés sur le toit, la tête repliée sous l'aile. Et quand elle entre à l'intérieur de la demeure, les mouches dorment sur les murs, oui oui, le cuisinier lève encore la main, comme pour empoigner le marmiton, et la servante est assise devant la poule noire qu'elle s'apprête à plumer.

Alors elle va plus loin et, dans la grande salle, elle découvre toute la cour couchée par terre, en train de dormir, et là-haut, près du trône, le roi et la reine sont couchés eux aussi.

Alors elle va encore plus loin, et tout est si calme qu'elle n'entend que son propre souffle, et enfin elle arrive au pied de la tour et là elle ouvre la porte de la mansarde, où dort Petit Églantier.

Et il est couché là et il est tellement mignon qu'elle ne peut plus le quitter des yeux, et elle se penche, et elle lui donne… un baiser.

Et pile à l'instant où ce baiser l'effleure, Petit Églantier ouvre un œil, il se réveille et il la regarde très gentiment.

Alors ils descendent tous les deux et le roi se réveille, et la reine, et toute la cour, et chacun se regarde, avec des yeux ronds comme des billes.

Et les chevaux dans la cour se relèvent et s'ébrouent, les chiens de chasse bondissent et remuent la queue, les pigeons sur le toit sortent la tête de dessous leurs ailes, regardent à la ronde et s'envolent à l'horizon, les mouches sur les murs rampent un peu plus loin, oui oui, le feu reprend sous la cuisinière, il chauffe et cuit le repas, le rôti recommence à grésiller et le cuisinier donne une telle gifle au marmiton qu'il se met à crier, et la servante plume la poule, jusqu'au bout.

Et alors on célèbre en grande pompe le mariage de la fille de roi avec Petit Églantier et ils vivent heureux jusqu'à la fin de leurs jours.

★

Et voilà le fameux Dornröschen, *qui signifie* Petite Rose d'épines, *mais qui est généralement traduit en français par* La Belle au bois dormant. *Ou pour mieux dire, c'est plutôt* La Belle au bois dormant, *que les deux frères Grimm ont traduit par* Dornröschen, *qui redevient une belle au bois dormant en retrouvant la langue française. Retour à la case départ. Ici, la princesse endormie s'est changée en prince endormi et la petite rose en petit églantier. Par ailleurs, les fées de Charles Perrault, devenues sous la plume des Grimm* die weise Frauen, *ce qui veut dire* les femmes sages *ou* les sages femmes (*mais il n'y a aucune ambiguïté sur le terme en allemand), se sont ici transformées en Sages.*

La fidèle Jeanne

Il était une fois un vieux roi qui était malade et qui pensait : « Je suis étendu sur un lit qui est déjà mon lit de mort. »

Alors il dit : « Faites-moi venir la fidèle Jeanne ! »

La fidèle Jeanne est sa servante préférée, et on l'appelle ainsi car elle lui a été fidèle toute sa vie.

Et maintenant qu'elle est à son chevet, le roi lui dit : « Ma fidèle Jeanne, je sens ma fin venir et, vois-tu, je n'ai pas d'autre souci que mon fils. Il est encore à l'âge où l'on ne sait pas toujours prendre des décisions tout seul. Je ne pourrai pas fermer les yeux paisiblement tant que tu ne m'auras pas promis de lui apprendre tout ce qu'il doit savoir, et d'être pour lui comme une seconde mère ! »

Alors la fidèle Jeanne lui répond : « Je ne l'abandonnerai jamais, et je le servirai avec fidélité, dût-il m'en coûter la vie. »

Alors le vieux roi dit : « Ainsi je meurs en paix ! »

Et puis il dit : « Après ma mort, il faudra que tu lui montres tout le château, toutes les chambres, toutes les salles, tous les souterrains, avec tous les trésors. Mais ne lui montre surtout pas la dernière chambre qui est tout au bout du grand couloir, celle où est caché le tableau qui représente la princesse des Toits-Dorés. Si jamais il voit ce tableau, il tombera éperdument amoureux d'elle et il perdra connaissance et, ensuite, il sera confronté à de grands dangers. Tu dois le protéger de ça. »

La fidèle Jeanne lui donne encore une fois sa parole d'honneur, alors le roi s'apaise, il pose la tête sur son oreiller et il meurt.

Et maintenant que le vieux roi est en terre, la fidèle Jeanne raconte au jeune roi la promesse qu'elle a faite à son père sur son lit de mort, et lui dit : « Je tiendrai ma parole et je te serai fidèle comme je l'ai été à ton père, dût-il m'en coûter la vie ! »

Le deuil se passe.

Et puis la fidèle Jeanne dit au jeune roi : « Il est l'heure pour toi de découvrir ton héritage, je vais te faire visiter le château de ton père. »

Alors elle l'emmène absolument partout, de haut en bas, et elle lui montre toutes les richesses et toutes les chambres magnifiques, sauf une, qu'elle n'ouvre pas, qui est celle du tableau de tous les dangers.

Le tableau est accroché de telle sorte qu'on tombe directement dessus dès qu'on ouvre la porte, et il est si bien fait qu'on a l'impression qu'elle est là *pour de vrai* et il n'y a rien de plus beau et de plus charmant dans le monde entier.

Le jeune roi remarque bien que la fidèle Jeanne évite systématiquement cette porte, alors il lui dit : « Mais pourquoi celle-là, tu ne l'ouvres jamais ?

– Il y a quelque chose là-dedans qui va te faire peur », lui répond-elle.

Mais le roi lui répond : « J'ai vu tout le château, donc je veux aussi savoir ce qu'il y a là. »

Il s'avance vers la porte pour l'ouvrir de force.

Alors la fidèle Jeanne le retient et lui dit : « J'ai promis à ton père sur son lit de mort que tu ne verrais pas ce qu'il y a dans cette chambre. Ça pourrait nous précipiter dans le malheur, toi et moi.

– Mais non, répond le jeune roi, c'est justement en n'y allant pas que je cours à ma perte. Je ne trouverai le repos, ni le jour ni la nuit, tant que je n'aurai pas vu cette chambre de mes propres yeux. Et je ne bougerai pas d'ici tant que tu ne me l'auras pas ouverte ! »

Alors la fidèle Jeanne comprend qu'elle ne peut rien y faire, et elle cherche, le cœur lourd et avec force soupirs, la clé sur le gros trousseau.

Et tout en ouvrant la porte, elle fait en sorte d'entrer la première, espérant de cette façon cacher le tableau au roi.

Mais à quoi bon ?

Le roi se hisse sur la pointe des pieds et regarde par-dessus son épaule.

Et à peine a-t-il aperçu le portrait de la jeune fille, tellement magnifique et ruisselante d'or et de diamants, qu'il tombe à la renverse, évanoui.

La fidèle Jeanne le prend dans ses bras, le met au lit et se dit, pleine d'angoisse : « Le malheur est fait, mon Dieu, qu'allons-nous devenir ? »

Et puis elle lui donne du vin pour le revigorer, jusqu'à ce qu'il revienne à lui.

La première chose qu'il dit, c'est : « Oh, c'est qui sur le beau tableau ?

– C'est la princesse des Toits-Dorés », répond la fidèle Jeanne.

Alors le roi lui dit : « Mon amour pour elle est tellement fort que même si les feuilles des arbres avaient des langues, elles ne sauraient le dire. Je donnerais ma vie pour l'avoir. Tu es ma fidèle Jeanne, tu dois m'aider. »

La fidèle servante réfléchit longuement sur la marche à suivre, car il s'avère difficile ne serait-ce que de s'approcher du visage de la princesse.

Finalement, elle trouve une idée et dit au roi : « Tout ce qu'elle a autour d'elle est en or massif, les tables, les chaises, les plats, les timbales, les assiettes, et tous les objets. Toi, dans ton trésor, tu as cinq tonnes d'or. Donnes-en une aux orfèvres du royaume. Qu'ils en fassent toutes sortes d'ustensiles et de bibelots, en forme d'oiseaux, de bêtes sauvages et d'animaux fabuleux. Quand on partira là-bas, pour y tenter notre chance, nous prendrons tout ça avec nous, ça devrait fortement l'impressionner. »

Le roi convoque tous les orfèvres, et ils doivent travailler jour et nuit pour respecter la commande et fabriquer les choses les plus extraordinaires qui soient.

Et maintenant que tout est chargé sur le navire, la fidèle Jeanne s'habille comme une marchande, et le roi doit faire pareil, pour se rendre absolument méconnaissable.

Et puis ils prennent la mer, et ils voyagent très longtemps, et ils arrivent enfin dans la ville où habite la princesse des Toits-Dorés.

La fidèle Jeanne demande au roi de rester là et de l'attendre à bord.

« Je reviendrai peut-être avec la princesse, dit-elle, veille donc à ce que tout soit bien rangé, expose tous les objets en or et soigne surtout la décoration du navire. »

Sur ce, elle dépose pêle-mêle dans son tablier toutes sortes de choses en or, elle met pied à terre et s'en va directent au château royal.

Quand elle arrive dans la cour du château, elle trouve là, près du puits, une jeune fille magnifique, elle a un seau d'or dans chaque main, et elle est en train de puiser de l'eau.

Et quand elle se relève pour partir avec l'eau miroitante, elle se retrouve face à l'étrangère, alors elle lui demande : « Qui êtes-vous ? »

Elle lui répond : « Je suis une marchande. » Et elle lui ouvre son tablier pour lui montrer tout ce qu'il y a à l'intérieur.

Alors la jeune fille s'écrie : « Dis donc, mais c'est quoi tous ces trucs en or ! »

Elle repose les seaux par terre pour contempler les objets les uns après les autres.

Et puis elle dit : « Il faut absolument que la princesse voie ça ! Elle aime tant avoir des choses en or qu'elle va tout vous acheter ! »

Elle prend Jeanne par la main et la fait entrer dans le château, car c'est la femme de chambre.

La princesse est éblouie en découvrant la marchandise, et dit : « C'est si joliment fait que je vais tout t'acheter ! »

Mais la fidèle Jeanne lui répond : « Je ne suis que la servante d'un marchand très riche. Ce que vous voyez là, ce n'est rien par rapport à ce que mon maître a sur son navire, il a les choses les plus raffinées et les plus subtiles qui puissent se fabriquer avec de l'or. »

Et comme elle lui demande de tout lui rapporter, la fidèle Jeanne lui répond : « Il nous faudrait plusieurs jours, il en a tant et tant, et il nous faudrait tellement de salles pour les exposer que votre château est beaucoup trop petit. »

Alors la curiosité et le désir de la princesse grandissent encore, et pour finir elle dit : « Conduis-moi au navire, je veux y aller par moi-même pour découvrir les trésors de ton maître. »

Alors la fidèle Jeanne la conduit jusqu'au navire, toute joyeuse, et quand le roi la voit devant lui, il constate que sa beauté est encore plus grande que celle qui est représentée sur le tableau, et il n'a qu'une seule sensation, c'est que son cœur va éclater.

Maintenant, elle monte à bord et le roi la conduit à l'intérieur du navire.

Mais la fidèle Jeanne, elle, reste près du capitaine, et fait lever l'ancre : « Hissez toutes les voiles, et qu'on vogue comme l'oiseau dans le ciel ! »

Et pendant ce temps-là, le roi montre à la princesse le service en or, chaque pièce une à une, les plats, les timbales, les assiettes, les oiseaux, les bêtes sauvages et les animaux fabuleux.

Et les heures s'envolent tandis qu'elle regarde chaque chose et, toute à sa joie, elle ne remarque même pas que le navire a mis les voiles.

Et maintenant qu'elle a tout admiré, jusqu'à la dernière pièce, elle remercie le marchand et elle veut s'en aller, mais quand elle arrive sur le pont elle se rend compte que le navire est très loin des côtes, en pleine mer, et toutes voiles dehors : « Ah ! hurle-t-elle paniquée, on m'a trompée, on m'a kidnappée, on m'a jetée dans les mains d'un marchand. Je préfère encore mourir plutôt que de rester là ! »

Mais le roi la prend par la main et lui dit : « Je ne suis pas un marchand, je suis un roi et mon sang n'est pas moins noble que le tien. Mais c'est l'amour, un amour fou, qui m'a forcé à user de ruse pour t'enlever. La première fois que j'ai vu ton portrait, je suis tombé à la renverse, évanoui. »

Et comme elle l'entend parler, la princesse des Toits-Dorés se console et son cœur se laisse tellement attendrir qu'elle accepte bien volontiers de devenir son épouse.

Mais il se trouve que la fidèle Jeanne, qui est restée à la proue du navire pour faire de la musique alors qu'ils sont en haute mer, remarque soudain trois corbeaux dans le ciel, qui arrivent à tire-d'aile.

Alors elle s'arrête de jouer et elle les écoute parler, car elle comprend parfaitement cette langue.

Et il y en a un qui crie : « Tiens, regarde, y en a un qui emmène la princesse des Toits-Dorés chez lui ! »

Et l'autre lui répond : « Ouais, mais c'est pas encore gagné ! »

Et le troisième : « Mais si, il l'a bien eue, elle est avec lui sur le navire ! »

Alors le premier revient à la charge et s'écrie : « Mais à quoi bon ? Dès qu'ils débarqueront, un cheval bai arrivera au galop, alors lui, il voudra monter dessus, mais s'il le fait, le cheval fendra l'air et l'emmènera tellement loin qu'il ne reverra plus jamais sa fiancée. »

Le deuxième dit : « Et y a pas de remède ?

– Oh si ! La seule façon de sauver le roi, c'est de monter plus vite que lui en selle, de trouver le fusil qui est dans l'une des sacoches et de s'en servir pour abattre le cheval. Mais qui sait une chose pareille ? Et même si quelqu'un le sait, il sera à moitié changé en pierre, des orteils jusqu'aux genoux, si jamais il le lui dit.

Alors le deuxième reprend : « Ouais mais moi, j'en sais plus que vous ! Même si le cheval était tué, le jeune roi ne garderait pas pour autant sa fiancée. Car quand ils arriveront au château, ils trouveront une chemise de mariage cousue main dans une bassine. Elle aura l'air d'être tissée d'or et d'argent, mais en fait ce sera du soufre et de la poix. Si jamais il l'enfile, il sera brûlé de pied en cap, et jusqu'à l'os. »

Le troisième dit : « Et y a pas de remède ?

– Oh si, répond le deuxième, la seule façon de sauver le roi, c'est d'attraper la chemise avec des gants et de la jeter au feu pour la faire brûler. Mais qui sait une chose pareille ? Et même si quelqu'un le sait, il sera à moitié changé en pierre, des genoux jusqu'au cœur, si jamais il le lui dit. »

Alors le troisième rétorque : « Ouais mais moi, j'en sais plus que vous ! Même si la chemise était brûlée, le jeune roi ne garderait pas pour autant sa fiancée. Car après le mariage, à l'heure du bal, quand la jeune reine se mettra à danser, soudain elle deviendra très pâle et elle s'écroulera, comme si elle était morte, et elle mourra pour de vrai si personne ne vient la relever pour aspirer trois gouttes de sang dans son sein droit, qu'il lui faudra recracher tout de suite après. Et même si quelqu'un le sait, il sera totalement changé en pierre, de la tête jusqu'aux pieds, si jamais il révèle cette information. »

Et maintenant que les corbeaux ont fini leur petite conversation, ils s'envolent au loin et la fidèle Jeanne a tout compris, mais dès lors elle reste silencieuse et triste.

Car si elle cache à son maître ce qu'elle a entendu, il sera très malheureux.

Mais si elle le lui dit, elle sera obligée de sacrifier sa propre vie.

Pour finir, elle se dit : « Je vais sauver mon maître, dût-il m'en coûter la vie. »

Et maintenant qu'ils atteignent la rive, il se passe exactement ce que les corbeaux avaient prédit et un superbe cheval bai arrive au galop.

« Eh bien, en voilà un qui va me conduire jusqu'au château ! » dit le roi, et il s'apprête à le monter, mais la fidèle Jeanne arrive avant lui, elle saute en selle, elle sort le fusil des sacoches, et puis elle abat le cheval.

Alors les autres serviteurs du roi, qui n'apprécient pas beaucoup la fidèle Jeanne, se mettent à crier : « Mais c'est ignoble de tuer cette belle bête, elle aurait pu ramener le roi au château ! »

Mais le roi dit : « Taisez-vous ! Et lâchez-la ! C'est ma fidèle Jeanne. Qui sait pourquoi elle agit ainsi ? Elle doit avoir ses raisons. »

Et maintenant ils entrent dans le château, et là, dans la grande salle, il y a une bassine, et dedans, il y a la chemise de mariage cousue main, et on dirait vraiment qu'elle est d'or et d'argent.

Le jeune roi s'avance pour l'enfiler, mais Jeanne le repousse, attrape la chemise avec des gants et la jette au feu à toute vitesse pour la brûler.

Les autres serviteurs recommencent à grogner et disent : « Mais dites donc, vous avez vu, v'là qu'elle brûle la chemise de mariage du roi ! »

Mais le jeune roi dit : « Qui sait pourquoi ? Elle doit avoir ses raisons, c'est ma fidèle Jeanne. »

Et maintenant le mariage est célébré. Et le bal est lancé et la mariée s'avance, et alors la fidèle Jeanne reste aux aguets et ne la quitte pas des yeux.

Et tout à coup, la mariée devient très pâle et elle s'écroule, comme si elle était morte.

Alors Jeanne se jette sur elle, le plus vite possible, elle la redresse et l'emporte dans une chambre, et là elle l'allonge, elle s'agenouille près d'elle et elle aspire trois gouttes dans son sein droit, qu'elle recrache immédiatement après.

Et aussitôt, la mariée recommence à respirer et elle se redresse, mais le jeune roi, qui a tout vu, ne comprend pas pourquoi la fidèle Jeanne a fait une chose pareille et il devient fou de rage et il s'écrie : « Qu'on la jette en prison ! »

Le lendemain matin, la fidèle Jeanne est jugée et condamnée et maintenant elle est conduite à la potence, et une fois là-haut, juste avant d'être exécutée, elle dit : « Chaque condamné a le droit de dire une dernière parole avant de mourir, j'en ai le droit, moi aussi ?

– Soit, répond le roi, cela t'est accordé ! »

Alors la fidèle Jeanne dit : « Je suis jugée à tort et je t'ai toujours été fidèle ! »

Et alors elle lui raconte la conversation des corbeaux qu'elle a entendue en pleine mer, et tout ce qu'elle a été obligée de faire pour sauver son maître.

Alors le roi s'écrie : « Oh pour ma fidèle Jeanne, grâce ! Grâce ! Ramenez-la en bas ! »

Mais à peine a-t-elle dit ses dernières paroles que la fidèle Jeanne s'écroule, sans vie, et maintenant, elle est en pierre.

Le roi et la reine en sont meurtris de chagrin et le roi dit : « Ah ! Cette fidélité sans faille, comme je l'ai mal récompensée ! »

Et il fait ramasser la forme en pierre, et il la fait mettre dans sa chambre à coucher, tout près du lit.

Et chaque fois qu'il la voit, il pleure et dit : « Ah, si seulement je pouvais te faire revivre, ma fidèle Jeanne ! »

Le temps passe, et alors la reine met au monde deux jumeaux, deux petits garçons, ils grandissent bien et la comblent de joie.

Mais voilà qu'un jour le roi regarde à nouveau la forme en pierre, plein de chagrin, alors que la reine est à l'église et que les deux enfants sont près de lui en train de jouer, et il s'écrie en soupirant : « Ah, si seulement je pouvais te faire revivre, ma fidèle Jeanne ! »

Et là, la pierre se met à parler et elle lui dit : « Oui, tu peux me faire revivre, si tu acceptes de perdre ce que tu as de plus cher ! »

Alors le roi s'écrie : « Je donnerais tout ce que j'ai au monde, pour t'avoir à nouveau ! »

Alors la pierre lui dit : « Pour me ramener à la vie, il faut que tu tranches la tête de tes deux enfants, de tes propres mains, et que tu me badigeonnes de leur sang. »

Le roi est épouvanté, en entendant qu'il doit lui-même tuer ses deux enfants chéris, mais il repense à la fidélité sans faille de la fidèle Jeanne qui est morte pour lui, alors il saisit son épée et, de ses propres mains, il tranche la tête de ses enfants.

Et maintenant qu'il a badigeonné de sang toute la pierre, la vie y fait irruption et la fidèle Jeanne se tient devant lui, à nouveau fraîche et rose.

Elle dit au roi : « Ta fidélité va être récompensée ! »

Elle ramasse les petites têtes des enfants, elle les remet en place, elle badigeonne les plaies de sang et, en un clin d'œil, ils sont sains et saufs, et ils galopent partout et ils jouent à qui mieux mieux, comme si rien ne s'était passé, jamais.

Et alors le roi est fou de joie, et quand il voit arriver la reine il cache la fidèle Jeanne et les deux enfants dans une grosse armoire.

Et comme elle entre, il lui dit : « Tu as prié à l'église ?

– Oui, dit-elle, mais je n'ai pas cessé de penser à la fidèle Jeanne, que nous avons jetée dans le malheur. »

Alors il lui dit : « Ma chérie, nous pouvons lui rendre la vie. Mais ça nous coûtera nos deux petits garçons chéris, il faudra les sacrifier. »

La reine devient blafarde, et son cœur se glace d'épouvante, mais elle dit pourtant : « Pour sa fidélité sans faille, nous le lui devons bien. »

Alors le roi se réjouit de constater qu'elle pense comme lui, il s'avance vers l'armoire et l'ouvre, il fait sortir les deux enfants et la fidèle Jeanne, et dit : « Dieu soit loué, elle est délivrée, et nos petits garçons sont de nouveau avec nous ! »

Et il lui raconte tout ce qu'il s'est passé !

Et alors ils vivent ensemble dans la félicité jusqu'à la fin de leurs jours.

★

Der treue Johannes. Le fidèle Jean. *Ici devenu Jeanne, tout simplement.*

La poisse

Quand on attire la poisse, on a beau se terrer n'importe où, ou disparaître à l'autre bout du monde, on est toujours rattrapé.

Il était une fois un homme qui était devenu si pauvre qu'il n'avait même plus une bûche pour nourrir le feu de son fourneau.

Alors il s'enfonce dans la forêt pour y abattre un arbre, mais ils sont tous trop grands et trop épais. Alors il s'enfonce encore plus profondément jusqu'à en trouver un qui lui semble à sa mesure.

Mais, pile à l'instant où il lève la cognée, il voit sortir d'un taillis une meute de loups qui se jettent sur lui en poussant des hurlements.

Il se débarrasse de la cognée, il prend la fuite et il arrive sur un pont.

Mais l'eau par le fond avait déjà bien érodé le bois et, pile à l'instant où il s'y engage, le pont craque et s'effondre, manquant de l'entraîner avec lui.

Que doit-il faire ?
Rester là et attendre que les loups le dévorent ?

Désespéré, il ose se jeter à l'eau, mais comme il ne sait pas nager il coule.

Quelques pêcheurs, assis sur l'autre rive, le voient se débattre dans l'eau, alors ils vont le chercher à la nage et le ramènent sur la terre ferme.

Ils l'installent contre un vieux mur pour qu'il puisse se réchauffer au soleil et retrouver quelques forces.

Mais, pile à l'instant où il revient à lui, comme il veut aller remercier les pêcheurs et leur parler de son triste sort, le mur s'écroule et l'écrabouille.

⋆

Das Unglück. La malchance (ou le malheur). *Ici, je n'ai rien changé car la poisse se moque des genres.*

La Reine-Grenouille ou Henri de Fer

Au temps jadis, quand faire des vœux aidait encore, vivait un roi qui avait de beaux garçons, mais le plus jeune était si beau que le soleil lui-même, qui pourtant en avait vu d'autres, s'émerveillait dès qu'il éclairait son visage.

Près du château du roi, il y avait une grande forêt bien sombre, et dans la forêt, sous un très vieux tilleul, il y avait un puits : et les jours où il faisait très chaud, l'enfant du roi s'en allait dans la forêt pour s'asseoir sur la margelle toute fraîche du puits. Et puis quand il s'ennuyait, il prenait une balle en or, il la jetait en l'air et la rattrapait ; c'était son passe-temps favori.

Mais voilà qu'un jour la balle en or ne retombe pas dans la main du fils du roi, qu'il tient pourtant bien haut, mais rebondit par terre, juste à côté de lui, et puis s'en va rouler dans l'eau. Le fils du roi la suit des yeux, mais soudain la balle disparaît, et le puits est profond, si profond qu'on n'en voit pas le bout.

Alors il commence à pleurer et à pleurer comme une madeleine, et il n'arrive pas à se consoler.

Et il se lamente tant et tant que quelqu'un lui crie : « Mais qu'est-ce que tu as, fils de roi, tu cries tellement fort que tu vas fendre le cœur des pierres ! »

Il se retourne pour voir d'où vient la voix, et là il aperçoit une grenouille qui sort sa grosse tête hideuse hors de l'eau.

« Ah, c'est toi, Mémère Gadouille, dit-il, je pleure parce que ma balle en or est tombée dans le puits.

– Calme-toi et arrête de pleurer, lui répond la grenouille, moi je peux te tirer d'affaire, mais qu'est-ce que tu me donnes en échange, si je te ramène ton jouet ?

– Tout ce que tu veux, ma chère petite grenouille, dit-il, mes habits, mes perles et mes pierres précieuses, et même la couronne en or que j'ai sur la tête. »

La grenouille lui répond : « Tes habits, tes perles, tes pierres précieuses et ta couronne en or, ça ne m'intéresse pas. Mais si tu veux bien me donner de l'amour, et si j'ai le droit d'être ta compagne et ta camarade de jeu, si je peux m'asseoir à côté de toi pendant le repas, si je peux manger dans ta petite assiette en or, boire dans ta petite timbale et dormir dans ton petit lit, si tu me promets tout ça, alors je plonge au fond de l'eau et je te ramène ta balle en or.

– Oh oui, dit-il, je te promets tout ce que tu veux, du moment que tu me rapportes la balle. »

Et en même temps, il se dit : « Elle raconte n'importe quoi cette grenouille, elle ne peut pas devenir la compagne d'un être humain, elle ne sait rien faire d'autre que coasser dans l'eau avec ses semblables. »

Comme il a donné son accord, la grenouille plonge, tête la première, dans l'eau, coule jusqu'au fond, et remonte très vite à la surface. Elle tient la balle dans sa gueule et elle la jette dans l'herbe.

Le fils du roi est fou de joie en retrouvant son beau jouet, il le ramasse et puis il s'en va en sautillant.

« Attends, mais attends, s'écrie la grenouille, prends-moi avec toi, je ne sais pas courir comme toi ! »

Mais elle peut toujours faire *coa coa* le plus fort qu'elle peut, ça ne sert à rien, il ne veut pas l'entendre, il galope vers la maison, et déjà il a oublié la pauvre grenouille, qui est condamnée à retourner dans son puits.

Le lendemain, alors qu'il est attablé avec le roi et toute la cour, en train de manger dans sa petite assiette en or, soudain, *plic plac plic plac*, quelque chose crapahute dans l'escalier en marbre et, arrivée en haut, cette chose toque à la porte et s'écrie : « Prince cadet, ouvre-moi la porte. »

Il se précipite pour voir qui c'est, mais quand il ouvre la porte il se retrouve face à la grenouille.

Alors il la referme à toute vitesse et il retourne s'asseoir à table, terrorisé.

Le roi remarque immédiatement que son cœur bat la chamade et lui dit : « Mon enfant, mais qu'est-ce qui te fait peur comme ça ? Il y a un géant derrière la porte qui est venu te chercher ?

– Oh non, répond-il, ce n'est pas un géant mais une grenouille dégoûtante.

– Et qu'est-ce qu'elle te veut, cette grenouille ?

– Ah, mon cher papa, hier, je me suis assis pour jouer près du puits dans la forêt, mais ma balle en or est tombée dans l'eau. Et comme je pleurais beaucoup, la grenouille est allée la récupérer, et là, comme elle l'exigeait, je lui ai promis de devenir son compagnon, mais je n'aurais jamais cru qu'elle pouvait sortir de l'eau. Et maintenant elle est dehors et elle veut pénétrer ici. »

Sur ce, elle toque une deuxième fois à la porte et elle s'écrie :

« Prince cadet, fils de roi
Ouvre-moi !

Hier, souviens-toi
De ce que tu m'as promis
Dans l'eau fraîche du puits.
Prince cadet, fils de roi
Ouvre-moi ! »

Alors le roi dit : « Chose promise, chose due. Lève-toi et va lui ouvrir la porte. »

Le fils du roi se lève et va lui ouvrir la porte.

La grenouille entre en bondissant et le suit à la trace jusqu'à sa chaise. Et là, elle s'assied par terre et s'écrie : « Pose-moi à côté de toi ! »

Il hésite à le faire mais le roi lui en donne l'ordre.

Et là, la grenouille est à peine sur la chaise qu'elle veut aller sur la table et, à peine sur la table, elle dit : « Maintenant, rapproche ta petite assiette en or pour qu'on puisse manger ensemble. »

Alors il finit par le faire, mais on voit bien que ça ne lui plaît pas du tout.

La grenouille s'en met plein la panse.

Quant à lui, chaque bouchée lui reste en travers de la gorge.

Pour finir, elle lui dit : « J'ai trop mangé et je suis fatiguée, emmène-moi dans ta petite chambre et ouvre-moi ton petit lit en soie, on va aller se coucher ensemble. »

Le fils du roi commence à pleurer et il a tellement peur de toucher la grenouille qui est toute froide ! Et voilà qu'elle a le droit de dormir dans son joli petit lit tout propre, en plus !

Mais le roi se fâche et lui dit : « Tu n'as pas le droit de renier celle qui t'a aidé quand tu étais dans le besoin. »

Alors le fils du roi l'attrape du bout de ses doigts, l'emmène là-haut et la pose dans un coin.

Mais, pile à l'instant où il se couche, elle arrive en rampant et lui dit : « Je suis fatiguée, je veux dormir aussi bien que toi. Monte-moi près de toi, sinon je le dis à ton père. »

Alors là, il devient fou de rage, il la ramasse et la balance contre le mur de toutes ses forces !

« Comme ça tu vas bien dormir, sale grenouille dégoûtante ! »

Mais, pile à l'instant où elle retombe sur le sol, ce n'est plus une grenouille, mais une fille de roi, avec un beau regard bienveillant. Qui devient maintenant, selon la volonté de son père, sa compagne bien-aimée, et son épouse.

Car elle lui raconte qu'elle a été ensorcelée par une affreuse sorcière et qu'il n'y avait que lui qui pouvait la délivrer et la sortir de son puits, et elle lui dit aussi que demain, ils vont partir tous les deux dans son royaume.

Sur ce, ils s'endorment, et le lendemain matin, pile à l'instant où le soleil les réveille, un carrosse arrive tiré par huit chevaux tout blancs, ils ont des plumes d'autruche toutes blanches sur la tête, et des harnais en or, et à l'arrière se tient le serviteur de la jeune fille de roi, le fidèle Henri.

Le fidèle Henri avait eu tant de peine en voyant sa maîtresse changée en grenouille qu'il s'était fait poser trois anneaux de fer autour du cœur, pour que celui-ci n'éclate pas sous le coup de la douleur et du chagrin.

Le carrosse doit donc conduire la jeune fille de roi dans son royaume.

Le fidèle Henri les fait monter tous les deux à l'intérieur du carrosse, il reprend sa place à l'arrière, et savoir sa maîtresse délivrée de son sort le remplit entièrement de joie.

Et maintenant qu'ils ont fait un bout de route, la fille de roi entend un craquement dans son dos, comme si quelque chose éclatait.

Alors elle se penche au-dehors et elle s'écrie :

« Henri, il craque, le carrosse !
– Non, maîtresse, c'est pas le carrosse
C'est un anneau autour de mon cœur
J'avais tant et tant de douleur
Quand vous étiez dedans le puits
Devenue grenouille, pardi ! »

Et ça craque encore une fois sur le trajet, et encore une autre fois, et chaque fois la fille de roi se dit que c'est le carrosse qui craque, et chaque fois c'est un anneau qui éclate autour du cœur du fidèle Henri, car sa maîtresse est délivrée et qu'elle est désormais heureuse.

★

Der Froschkönig oder der eiserne Heinrich. Le Roi-Grenouille ou Henri de Fer. *Dans le conte d'origine, c'est une petite fille pourrie gâtée qui joue à la balle et la grenouille qui cache dans son ventre un prince charmant.*

Du genévrier

Il était une fois, il y a très longtemps maintenant, peut-être deux mille ans, un homme riche qui avait une femme belle et pieuse, et ils s'aimaient très fort mais ils n'avaient pas d'enfant.

Pourtant ils en voulaient vraiment et la femme priait jour et nuit pour en avoir un.

Mais ils n'en avaient pas.

Ils n'en avaient jamais.

Devant leur maison, il y a une cour, avec un genévrier.

Un jour, la femme se met dessous pour éplucher une pomme, c'est l'hiver, et pendant qu'elle épluche la pomme, elle se coupe le doigt et le sang tombe sur la neige.

« Ah ! » dit la femme et elle soupire au plus profond d'elle-même et elle regarde le sang et elle est prise de mélancolie.

« Ah, si seulement je pouvais avoir un enfant, aussi rouge que le sang et aussi blanc que la neige. »

Et tout en disant *cette phrase*, elle devient tout à coup très joyeuse.

C'est comme si *quelque chose* allait arriver pour de vrai.

Alors elle s'en retourne à la maison et un mois se passe, et la neige disparaît, et après deux mois tout redevient vert, et après trois mois les fleurs sortent de terre, et après quatre mois tous les arbres se mettent à pousser dans le bois et les branches vertes s'emmêlent les unes aux autres et les oiseaux chantent et ça résonne dans toute la forêt et quand les fleurs tombent des arbres, alors le cinquième mois est terminé et elle se tient toujours sous le genévrier qui sent tellement bon et son cœur commence à déborder de joie et elle tombe à genoux et elle n'arrive pas à se ressaisir, et à la fin du sixième mois les baies du genévrier sont devenues grosses et fermes et elle devient très calme, et au septième mois elle les attrape sur le genévrier et elle les mange avec frénésie et alors elle devient triste et malade, et alors passe le huitième mois et elle appelle son mari et elle pleure et dit : « Si je meurs, enterre-moi sous le genévrier. »

Et alors elle s'apaise et elle se réjouit jusqu'à la fin du neuvième mois : et là, elle a une enfant, aussi blanche que la neige et aussi rouge que le sang et, quand elle s'en rend compte, elle se réjouit tellement qu'elle en meurt.

Alors son mari l'enterre sous le genévrier et il commence par pleurer très fort, ça dure un certain temps et puis les larmes coulent plus doucement et puis il pleure encore un peu et puis il s'arrête et alors il reprend une femme.

Avec cette nouvelle femme, il a un garçon.

Mais l'enfant qu'il a eue avec la première femme est une petite fille et elle est rouge comme le sang et blanche comme la neige.

Et quand la nouvelle femme regarde son fils, elle l'aime vraiment très fort.

Mais après, quand elle regarde la petite, elle en a des haut-le-cœur. C'est comme si elle était en permanence en travers de son chemin et elle voudrait que toute la fortune revienne à son fils, et seulement à son fils, et ça la turlupine et ça l'obsède, et le diable la pousse à être *contre* la petite fille et elle la chasse d'un coin à un autre et elle la pince ici et elle la coince là, si bien que la pauvre petite vit dans la peur en permanence. Et quand elle rentre de l'école, elle ne sait pas où se mettre pour avoir la paix.

Un jour, la femme est dans la chambre du haut.

Et là, son petit garçon monte la voir et lui dit : « Maman, donne-moi une pomme ! »

La femme dit : « Oui, mon enfant. »

Et elle lui donne une belle pomme qu'elle sort d'un coffre.

Mais le coffre a un gros couvercle bien lourd avec une grosse serrure en fer bien coupante.

« Maman, dit le petit garçon, est-ce que la sœur peut en avoir une, elle aussi ? »

Ça contrarie la femme, elle dit pourtant : « Oui, quand elle rentrera de l'école. »

Mais quand elle la voit arriver par la fenêtre, c'est exactement comme si le diable s'était emparé d'elle et elle change d'avis et elle reprend la pomme à son fils et lui dit : Pas avant ta sœur ! »

Et elle jette la pomme dans le coffre et elle le referme bien fort.

Et quand la petite fille passe la porte, le diable la pousse à lui dire très gentiment : « Ma fille, est-ce que tu veux une pomme ? »

Et en même temps, elle la regarde d'un air terrible.

La petite dit : « Maman, comme tu as l'air furieuse. Oui, donne-moi une pomme. »

Alors là, la mère se dit qu'elle doit la rassurer.

« Viens avec moi, dit-elle, et elle ouvre le couvercle du coffre : attrape donc une pomme ! »

Et quand la petite fille se penche à l'intérieur du coffre, le diable lui souffle : « *vlan !* »

Et alors elle rabat le couvercle tellement fort que la tête valse et tombe dans les pommes rouges.

Et alors là, elle est envahie par la peur et elle se dit : Mais qu'est-ce que j'ai fait ?

Alors elle descend dans sa chambre et elle sort du premier tiroir de sa commode un linge blanc et elle remet la tête bien en place sur le cou et elle la fait tenir avec le linge, si bien qu'on ne soupçonne plus rien, et puis elle installe la petite sur une chaise devant la porte et elle lui met une pomme dans la main.

Plus tard, le petit vient voir sa mère dans la cuisine. Elle est devant le feu et elle touille une grande marmite remplie d'eau bouillante.

« Maman, dit-il, la sœur est assise devant la porte et elle est toute blanche et elle a une pomme dans la main. Je lui ai dit qu'elle devait me donner la pomme, mais elle ne répond rien, c'est bizarre.

– Retourne la voir, dit la mère, et si jamais elle ne répond toujours pas, donne-lui une claque derrière l'oreille. »

Alors le petit va la voir et lui dit : « Sœur, donne-moi la pomme ! »

Mais elle garde le silence, elle se tait.

Alors il lui donne une claque derrière l'oreille.

Et là, la tête tombe par terre.

Alors il est terrorisé et il commence à pleurer et à crier et il court voir sa mère et lui dit : « Ah, maman, j'ai cassé la tête de ma sœur. »

Et il pleure et il pleure, impossible de le consoler.

« Mon petit, dit la mère, mais qu'est-ce que tu as fait? Bon, garde le silence, tais-toi, il faut le dire à personne. De toute façon, maintenant, on ne peut plus revenir en arrière, on va la faire cuire en saumure. »

Alors la mère prend la petite fille et elle la découpe en tranches, elle la met dans la marmite et elle la fait cuire en saumure.

Et le petit, lui, reste là et il pleure et il pleure et ses larmes tombent dans la marmite et il n'y a pas besoin de rajouter de sel.

Sur ce, le père rentre à la maison, il se met à table et il dit : « Mais où est ma fille? »

Alors la mère lui sert une grosse, grosse tranche qui flotte dans une sauce noire et le petit pleure sans pouvoir s'arrêter.

Alors le père dit à nouveau : « Mais où est ma fille?

– Ah, dit la mère, elle est partie à la campagne pour aller voir la famille de sa mère. Elle compte y rester un moment.

– Mais enfin, pour quoi faire ? Elle ne m'a même pas dit au revoir !

– Oh, elle voulait tellement partir, elle m'a demandé si elle pouvait y rester six semaines, elle sera très bien là-bas.

– Ah, dit l'homme, ça me rend vraiment triste et ce n'est pas très correct, elle aurait pu me dire au revoir quand même. »

Sur ce, il commence à manger et il dit : « Mon petit, mais pourquoi tu pleures ? La sœur va bientôt revenir. »

Puis il dit : « Ah, chère femme, j'adore ce repas. Donne-m'en encore. »

Et plus il mange, plus il en veut, et puis il dit : « Encore, encore, tout pour moi, rien pour les autres, vous n'aurez rien du tout ! »

Et il mange et il mange jusqu'à la fin du plat, et les os, il les jette sous la table.

Le petit monte à l'étage et il va chercher dans le dernier tiroir de sa commode son plus beau foulard en soie, puis il ramasse tous les cartilages et tous les os qui sont sous la table et il les enveloppe dans son foulard en soie et il les met devant la porte et il pleure des larmes de sang.

Et puis après, il va les déposer sous le genévrier dans l'herbe verte, et alors il se sent très léger tout à coup et il arrête de pleurer.

Quant au genévrier, il commence à se balancer et les branches vont les unes vers les autres, des unes aux autres, exactement comme si elles se réjouissaient du fond du cœur ou qu'elles battaient des mains.

Et à cet instant, une brume se lève tout autour de l'arbre et au cœur de cette brume ça flambe comme du feu et de ce feu s'échappe un très bel oiseau qui chante très bien, c'est magnifique, et il vole haut dans le ciel et quand il n'est plus là, le genévrier est redevenu comme avant et le foulard avec les os a disparu.

Alors le petit garçon se sent très léger et très heureux, exactement comme si sa sœur était encore en vie.

Et il rentre tout joyeux à la maison et il se met à table et il mange.

Mais l'oiseau, lui, s'envole loin loin loin, et puis il va se poser sur la maison d'un orfèvre et il commence à chanter :

« Ma mère m'a massacrée
Mon père m'a dévorée
Et mon p'tit frérot
Sous la table a repris tous mes os
Les a posés dans un foulard en soie
À l'ombre du genévrier, ma foi
Je suis cui-cui le bel oiseau, cui-cui, c'est cui-cui moi. »

L'orfèvre est assis dans son atelier, il est en train de fabriquer une chaîne en or.

Et là, il entend l'oiseau qui chante sur son toit et il trouve ça très beau.

Alors il se lève et, comme il passe la porte, il perd sa pantoufle. Mais il continue pourtant à marcher jusqu'au milieu de la route avec une seule pantoufle et une seule chaussette. Il porte encore son tablier de travail et dans une main, il a la chaîne en or et dans l'autre la tenaille, et le soleil brille tellement fort sur la route. Alors il s'arrête et il regarde l'oiseau.

Et alors il dit : « Oiseau, comme tu chantes bien. Chante-moi ton air encore une fois.

– Nan, dit l'oiseau. Je chante pas deux fois gratis. Si tu me donnes la chaîne en or, je veux bien chanter encore une fois.

– Tiens, dit l'orfèvre, voilà la chaîne, maintenant chante-moi ton air encore une fois. »

Alors l'oiseau arrive, il attrape la chaîne en or avec ses serres droites, il se pose devant l'orfèvre et il chante :

« Ma mère m'a massacrée
Mon père m'a dévorée
Et mon p'tit frérot
Sous la table a repris tous mes os
Les a posés dans un foulard en soie
À l'ombre du genévrier, ma foi
Je suis cui-cui le bel oiseau, cui-cui, c'est cui-cui moi. »

Puis l'oiseau s'envole chez un cordonnier, il se pose sur son toit et il chante :

« Ma mère m'a massacrée
Mon père m'a dévorée
Et mon p'tit frérot
Sous la table a repris tous mes os
Les a posés dans un foulard en soie
À l'ombre du genévrier, ma foi
Je suis cui-cui le bel oiseau, cui-cui, c'est cui-cui moi. »

Le cordonnier l'entend chanter alors il sort en bras de chemise devant sa porte et il regarde le toit de sa maison et il doit mettre la main devant ses yeux pour ne pas être aveuglé par le soleil.

« Oiseau, dit-il, comme tu chantes bien. »

Et alors, il appelle sa femme restée à l'intérieur : « Femme, viens ici, il y a un oiseau, là. Qu'est-ce qu'il chante bien. Viens voir l'oiseau ! »

Et encore après, il appelle sa fille avec ses enfants, et aussi les compagnons et les apprentis et les servantes, et ils viennent tous au milieu de la route et ils regardent l'oiseau : « Qu'est-ce qu'il est beau ! »

Et il a de si belles plumes rouges et bleues, et autour du cou, il a comme de l'or pur, et ses yeux sont plus brillants que des étoiles.

« Oiseau, dit le cordonnier, chante-moi ton air encore une fois.

– Nan, dit l'oiseau. Je chante pas deux fois gratis. Tu dois m'offrir quelque chose.

– Femme, dit l'homme, monte là-haut, sur la dernière étagère, il y a une paire de chaussures rouges, apporte-la-moi. »

Alors la femme y va et rapporte les chaussures.

« Tiens, oiseau, dit l'homme, et maintenant chante-moi ton air encore une fois. »

Alors l'oiseau arrive, il attrape les chaussures avec ses serres gauches et il retourne se poser sur le toit pour chanter :

« Ma mère m'a massacrée
Mon père m'a dévorée
Et mon p'tit frérot
Sous la table a repris tous mes os
Les a posés dans un foulard en soie
À l'ombre du genévrier, ma foi
Je suis cui-cui le bel oiseau, cui-cui, c'est cui-cui moi. »

Et dès qu'il a fini de chanter, il s'envole loin loin loin.

Dans ses serres droites, il a la chaîne, dans ses serres gauches, les chaussures, et il s'envole loin, très loin, jusqu'à un moulin et le moulin tourne : *clic-clac-clic-clac-clic-clac.*

Et dans le moulin il y a vingt garçons meuniers qui taillent une meule et la cognent : *hic-hac-hic-hac-hic-hac.*

Et le moulin tourne : *clic-clac-clic-clac-clic-clac.*

Et alors l'oiseau se pose sur un tilleul devant le moulin et il chante :

« Ma mère m'a massacrée »

Et là, l'un des gars s'arrête de travailler.

« Mon père m'a dévorée »

Et là, ils sont deux à s'arrêter pour l'écouter.

« Et mon p'tit frérot »

Et maintenant ils sont quatre à s'arrêter.

« Sous la table a repris tous mes os
Les a posés dans un foulard en soie »

Et maintenant il n'y en a plus que huit qui travaillent.

« À l'ombre »

Et maintenant plus que cinq.

« Du genévrier, ma foi »

Et maintenant plus qu'un seul.

« Je suis cui-cui le bel oiseau, cui-cui, c'est cui-cui moi. »

Et maintenant, le dernier s'arrête lui aussi mais il n'entend que la fin du morceau.

« Oiseau, dit-il, comme tu chantes bien. Je voudrais t'entendre moi aussi, chante-moi ton air encore une fois.

– Nan, dit l'oiseau. Je chante pas deux fois gratis. Si tu me donnes la meule, je veux bien chanter encore une fois.

– Oui, dit-il, si ça ne tenait qu'à moi, je te la donnerais tout de suite !

– D'accord, disent les autres, s'il chante son air encore une fois, on veut bien la lui donner. »

Alors l'oiseau descend vers eux et les meuniers s'y mettent à vingt pour soulever la meule avec des branches : *ho hisse-ho hisse-ho hisse.*

Et alors, l'oiseau passe sa tête dans le trou et ça lui fait comme un collier et il s'envole à nouveau dans l'arbre et il chante :

« Ma mère m'a massacrée
Mon père m'a dévorée
Et mon p'tit frérot
Sous la table a repris tous mes os
Les a posés dans un foulard en soie
À l'ombre du genévrier, ma foi
Je suis cui-cui le bel oiseau, cui-cui, c'est cui-cui moi. »

Et quand il a fini de chanter, il déploie ses ailes et il a la chaîne dans ses serres droites, et à gauche il a les chaussures, et autour du cou il a la meule, et il s'envole loin, très loin vers la maison de son père.

Dans la cuisine, le père, la mère et le petit sont à table, et le père dit : « Ah, qu'est-ce que je me sens bien, je me sens tellement léger tout à coup.

– Non, dit la mère, moi je me sens tellement angoissée tout à coup, c'est comme si un orage terrible allait venir. »

Mais le petit reste assis et il pleure et il pleure.

Alors l'oiseau arrive à tire-d'aile et, pile à l'instant où il se pose sur le toit, le père dit : « Ah, je me sens tellement heureux et le soleil brille tellement fort, c'est exactement comme si j'allais retrouver une vieille connaissance.

– Non, dit la femme, moi j'ai peur et je claque des dents, c'est exactement comme si j'avais du feu dans les veines. »

Et elle déchire sa robe pour trouver un peu d'air.

Mais le petit reste assis dans son coin et il pleure et il essuie ses yeux avec son tablier et il pleure tellement dans son tablier qu'il est tout mouillé, le tablier.

Alors l'oiseau se pose sur le genévrier et il chante :

« Ma mère m'a massacrée »

Et là, la mère se bouche les oreilles et elle ferme bien fort ses yeux et elle ne veut rien voir ni rien entendre mais ça gronde dans ses oreilles comme une tempête déchaînée et ça brûle dans ses yeux comme l'éclair fulgurant.

« Mon père m'a dévorée »

« Ah, mère, dit l'homme, quel bel oiseau, et il chante tellement bien, c'est magnifique, et le soleil brille tellement fort, et il y a comme une odeur de cannelle dans l'air ! »

« Et mon p'tit frérot »

Alors là, le petit pose sa tête sur ses genoux et il pleure de plus belle.

Mais l'homme dit : « Je vais dehors. Il faut absolument que j'aille voir cet oiseau de plus près.

– Ah, n'y va surtout pas, dit la femme, j'ai l'impression que toute la maison tremble et qu'elle est en flammes. »

Mais l'homme sort malgré tout et il observe l'oiseau.

« Sous la table a repris tous mes os
Les a posés dans un foulard en soie
À l'ombre du genévrier, ma foi
Je suis cui-cui le bel oiseau, cui-cui, c'est cui-cui moi. »

Sur ce, l'oiseau lâche la chaîne en or, et elle tombe pile sur le cou de l'homme, elle en fait tout le tour et elle lui va à ravir.

Alors il rentre et il dit : « Regarde comme il est beau cet oiseau, il m'a donné une chaîne en or tellement belle, mais tellement belle ! »

Mais la femme a tellement peur qu'elle s'écroule dans la cuisine et que sa coiffe tombe de sa tête.

Alors l'oiseau chante de nouveau :

« Ma mère m'a massacrée »

« Ah, si je pouvais être six pieds sous terre, pour ne plus avoir à écouter ça ! » dit la mère.

« Mon père m'a dévorée »

Et là, la femme reste par terre, comme morte.

« Et mon p'tit frérot »

Et là, le petit dit : « Moi aussi je veux sortir, moi aussi je veux aller voir, il va peut-être me donner quelque chose, l'oiseau ? »

Alors il sort.

« Sous la table a repris tous mes os
Les a posés dans un foulard en soie »

Alors l'oiseau lui lance les chaussures.

« À l'ombre du genévrier, ma foi
Je suis cui-cui le bel oiseau, cui-cui, c'est cui-cui moi. »

Alors le petit se sent tout léger et tout joyeux et il met les chaussures rouges toutes neuves et il danse et il saute de joie.

Et il dit : « Ah, j'étais tellement triste quand je suis sorti, et maintenant je suis tellement léger. C'est vraiment un oiseau magnifique, il m'a donné une paire de chaussures rouges.

– Non, dit la femme, et elle se lève d'un bond et elle a les cheveux qui se dressent sur la tête comme des flammes. J'ai l'impression que le monde entier est en train de s'écrouler. Je veux sortir, moi aussi, je veux être légère moi aussi. »

Et comme elle passe la porte : *vlan !*

L'oiseau lui jette la meule sur la tête, et elle est complètement écrabouillée.

Le père et le petit entendent du bruit alors ils vont voir ce qu'il se passe au-dehors.

Et là, fumée, flammes et feu sortent de terre.

Et maintenant que tout est terminé, la petite sœur est là devant eux.

Et elle prend son père et le petit par la main et ils sont très contents tous les trois et ils rentrent à la maison et ils se mettent à table et… ils mangent.

★

Von dem Machandelboom. Du Genévrier. *Ici, j'ai inversé les deux enfants. Le père mange donc sa fille à la place de son fils. Et le petit garçon pleure comme une madeleine à la place de la petite fille qui, elle, vole haut dans le ciel de sa vengeance cruelle.*

Les deux sœurs

Il était une fois deux frères, un riche et un pauvre.

Le riche est orfèvre, et il a mauvais cœur.

Le pauvre gagne sa vie en fabriquant des balais, et il est honnête et bon.

Le pauvre a deux enfants.

Ce sont des jumelles qui se ressemblent comme deux gouttes d'eau.

Les deux filles vont parfois dans la maison du riche, et là, il arrive qu'elles trouvent quelque chose à manger au milieu des épluchures.

Et voilà qu'un jour le pauvre, en ramassant du petit bois dans la forêt, voit un oiseau qui est tout doré, et il est tellement beau qu'il n'en croit pas ses yeux.

Il n'en a jamais vu de pareil.

Alors il ramasse un petit caillou, il le vise et il touche juste : mais il ne tombe qu'une seule plume en or, et l'oiseau s'envole au loin.

L'homme prend la plume et la montre à son frère, qui l'examine et lui dit : « C'est de l'or pur. »

Et il lui donne beaucoup d'argent pour l'avoir en échange.

Le lendemain, le pauvre monte dans un bouleau pour couper quelques branches.

Et là, le même oiseau prend son envol et, quand l'homme y regarde de plus près, il trouve un nid, et dedans il y a un œuf.

Et il est en or.

Il ramène l'œuf à la maison et il le montre à son frère qui lui dit à nouveau : « C'est de l'or pur. »

Et il lui donne la somme d'argent que ça vaut.

Pour finir, l'orfèvre lui dit : « J'aimerais bien avoir l'oiseau en entier. »

Le pauvre retourne dans la forêt pour la troisième fois et il voit encore l'oiseau en or, posé sur l'arbre.

Alors il ramasse une pierre et il la balance sur l'oiseau et puis il ramène l'oiseau à son frère, qui lui donne un gros tas d'or en échange.

Maintenant, je suis à l'abri du besoin, se dit-il, et il rentre très satisfait à la maison.

L'orfèvre est un homme intelligent et très rusé et il sait très bien ce que c'est, comme genre d'oiseau.

Alors il appelle sa femme et lui dit : « Fais-moi cuire l'oiseau en or et veille surtout à n'en rien perdre ! J'ai envie de le manger en entier et tout seul. »

En effet, l'oiseau n'est pas un oiseau ordinaire.

C'est un oiseau tellement miraculeux que celui qui mange son cœur et son foie trouve chaque matin une pièce d'or sous son oreiller.

La femme plume l'oiseau, le met à la broche et le fait rôtir.

Mais il se trouve, alors que l'oiseau est toujours sur le feu mais que la femme a dû quitter la cuisine pour vaquer à autre chose, il se trouve que les deux filles du pauvre fabricant de balais arrivent en courant, s'arrêtent devant la broche et la font tourner un peu.

Et voilà que deux petits morceaux de l'oiseau tombent dans la casserole, alors l'une des filles dit : « On n'a qu'à manger ces deux petits bouts, j'ai trop faim, et personne n'en saura rien. »

Alors toutes les deux, elles avalent les petits morceaux.

Mais là, la femme revient, et elle voit bien qu'elles sont en train de manger quelque chose, alors elle dit : « Mais qu'est-ce que vous mangez ?

– Juste deux petits bouts qui étaient tombés de l'oiseau. »

Ce sont le cœur et le foie, se dit la femme complètement paniquée, mais pour que son mari ne s'en rende pas compte et ne s'énerve pas trop, elle abat en vitesse un poulet, elle lui arrache le cœur et le foie et elle les fourre à l'intérieur de l'oiseau en or. Et quand il est bien cuit, elle l'apporte à l'orfèvre, qui le bâfre en entier et tout seul, il n'en reste rien.

Mais le lendemain matin, quand il passe la main sous son oreiller, certain d'y trouver une pièce d'or, c'est comme d'habitude.

Quant aux deux enfants, elles ne savent pas encore le bonheur qui les attend.

Le lendemain matin, quand elles se lèvent, quelque chose tombe par terre en cliquetant et, quand elles le ramassent, c'est deux pièces d'or.

Elles les apportent à leur père, qui en est soufflé : « Non mais je rêve ? »

Mais comme le matin d'après, elles en trouvent deux autres, et tous les jours pareil, il va voir son frère et il lui raconte cette histoire incroyable.

L'orfèvre comprend immédiatement ce qu'il s'est passé.

Les enfants, le cœur et le foie.

Alors pour se venger, et parce qu'il a un cœur de pierre et qu'il est jaloux comme un pou, il dit à son frère : « Tes enfants sont les jouets du diable, ne touche pas cet argent et chasse-les vite de ta maison, elles sont possédées et elles vont te mener à ta perte. »

Le père craint le diable et, bien que ça le désole, il sort pourtant dans la forêt avec les jumelles, et il les abandonne là, le cœur brisé.

Et maintenant, les deux petites filles tournent en rond dans la forêt et elles cherchent le chemin de la maison, mais elles ne le trouvent pas, au contraire, elles se perdent toujours plus loin.

Pour finir, elles rencontrent un chasseur qui leur demande : « À qui êtes-vous, les enfants ?

– On est les filles d'un pauvre fabricant de balais. »

Et elles lui racontent qu'il n'a plus voulu les garder sous son toit parce que tous les matins, il y a une pièce d'or sous leur oreiller.

« Bon, il y a pire dans la vie, dit le chasseur, mais il faut savoir en faire bon usage et ne pas en profiter pour paresser. »

Et le brave homme, qui n'a pas d'enfants mais qui les apprécie, les ramène chez lui en leur disant : « Je vais devenir votre père et je vais vous élever. »

Alors il leur apprend l'art de la chasse et la pièce d'or que chacune trouve au réveil, il la leur met de côté, pour plus tard.

Et maintenant qu'elles sont devenues grandes, voilà que leur père adoptif les emmène un jour dans la forêt et leur dit : « Aujourd'hui, c'est votre baptême du feu, c'est l'heure de vous émanciper et de confirmer vos talents de chasseresses. »

Elles se mettent donc à l'affût et elles attendent longtemps, mais nul gibier à l'horizon.

Le chasseur lève la tête et il voit dans le ciel une nuée d'oies sauvages qui volent en triangle, alors il dit à la première : « Tires-en une à chaque coin. »

Ce qu'elle fait, elle réussit donc son baptême du feu.

Puis une autre nuée forme le chiffre deux à l'horizon.

Alors le chasseur dit à la deuxième la même chose, une à chaque coin.

Et elle aussi, elle réussit son baptême du feu.

Alors le père adoptif leur dit : « Je vous émancipe, vous êtes devenues des chasseresses confirmées. »

Sur ce, les deux sœurs se retirent dans la forêt pour tenir conseil et s'entendre sur la suite des événements.

Et le soir, quand ils sont tous réunis autour de la table, elles déclarent à leur père adoptif : « Nous ne mangerons pas une seule bouchée de ce repas avant de vous avoir exprimé notre requête. »

Il dit : « Et quelle est donc cette requête ? »

Elles répondent : « Maintenant que nous avons fini notre apprentissage, nous voulons nous mesurer au vrai monde, aussi nous vous demandons la permission de vous quitter et de partir. »

Alors le vieux est aux anges et leur dit : « Vous parlez comme des vraies chasseresses, je n'en attendais pas moins de vous. Partez donc, je vous souhaite santé et prospérité. »

Sur ce, ils mangent et ils trinquent dans la bonne humeur.

Et quand le jour J arrive, le père adoptif leur donne à chacune un bon fusil et un chien et il leur permet de se servir dans la réserve de pièces d'or autant qu'elles le désirent.

Et puis il les accompagne un bout de route, et au moment des adieux, il leur donne aussi un couteau tout brillant et leur dit : « Le jour où vous serez obligées de vous séparer, plantez ce couteau dans un arbre, à la croisée de vos chemins. Ainsi, quand vous reviendrez sur vos pas, vous pourrez savoir ce qu'il est advenu de votre sœur, car la lame, du côté de son chemin, sera rouillée si elle est morte, en revanche elle restera bien brillante si elle est toujours en vie. »

Les deux sœurs se mettent en route et vont toujours plus loin, et elles arrivent dans une forêt tellement profonde qu'il leur est impossible de la traverser en un seul jour.

Alors elles s'installent pour la nuit et elles mangent ce qu'elles ont dans leur besace.

Et le deuxième jour elles se remettent en route mais elles ne parviennent toujours pas à en voir le bout.

Et comme elles n'ont plus rien à manger, l'une dit à l'autre : « Il faut qu'on se tire un truc, sinon on va crever de faim. »

Elle prend son fusil et s'en va faire le guet.

Et alors elle voit un vieux lièvre galoper, elle le met en joue mais le lièvre s'écrie :

« Chasseresse, laisse-moi la vie
Et j'te donne deux de mes petits ! »

Il bondit aussitôt dans un buisson et il en ressort avec ses deux petits : mais les levrauts jouent si gaiement et sont si mignons que les chasseresses n'ont pas le cœur de les tuer.

Alors elles les gardent et les petits lièvres les suivent à la queue leu leu.

Là-dessus un renard passe, à la dérobée, elles s'apprêtent à l'abattre mais le renard s'écrie :

« Chasseresse, laisse-moi la vie
Et j'te donne deux de mes petits ! »

Et lui aussi il amène deux petits renardeaux, et là encore, les chasseresses n'ont pas le cœur de les tuer, et maintenant ils tiennent compagnie aux lièvres, et ils les suivent à la queue leu leu.

Juste après, un loup sort d'un fourré, les chasseresses le mettent en joue mais le loup s'écrie :

« Chasseresse, laisse-moi la vie
Et j'te donne deux de mes petits ! »

Les chasseresses ajoutent les louveteaux à la bande, et maintenant tous les suivent à la queue leu leu.

Là-dessus arrive un ours, qui voudrait bien pouvoir baguenauder plus longtemps, alors il s'écrie :

« Chasseresse, laisse-moi la vie
Et j'te donne deux de mes petits ! »

Les deux oursons rejoignent la troupe et maintenant ils sont huit.

Et pour finir, qui arrive ?

Un lion, la crinière en panache.

Mais les chasseresses ne se laissent pas impressionner et le mettent en joue.

Alors rebelote, le lion dit :

« Chasseresse, laisse-moi la vie
Et j'te donne deux de mes petits ! »

Il ramène lui aussi ses petits, et maintenant les chasseresses ont deux lions, deux ours, deux loups, deux renards et deux lièvres à disposition et à leur service.

En revanche, le problème de la faim n'est toujours pas réglé, alors elles disent aux renardeaux :

« Dites donc, les deux fourbes, vous allez bien nous trouver un petit truc à manger ? Si vous êtes filous, ce n'est pas pour des prunes ! »

Ils répondent : « Il y a un village pas loin d'ici, où on a déjà volé plein de poules. On va vous montrer le chemin. »

Alors elles descendent au village, elles s'achètent à manger, elles trouvent de la nourriture pour les bêtes, et puis elles reprennent la route.

Et les renards, qui connaissent les lieux comme personne et qui ont repéré tous les poulaillers du coin, sont toujours là pour les guider, c'est parfait.

Et donc elles vagabondent ainsi pendant un certain temps, mais elles n'arrivent pas à trouver du travail, en restant ensemble, alors elles se disent : « Il n'y a rien à faire, il faut qu'on se sépare ! »

Elles se partagent donc les bêtes, et chacune prend un lion, un ours, un loup, un renard et un lièvre.

Et puis elles se disent adieu, elles se promettent de s'aimer comme des sœurs jusqu'à la mort, et le couteau du père adoptif, elles le plantent dans un arbre, et puis là-dessus l'une s'en va vers l'est, et l'autre vers l'ouest.

Mais la plus jeune arrive bientôt, avec ses bêtes, dans une ville complètement drapée de noir.

Elle va dans une auberge et demande à l'aubergiste l'hospitalité pour ses bêtes.

L'aubergiste lui donne une étable, où il y a une brèche dans l'un des murs.

Alors le lièvre s'y faufile et il se ramène un chou, et le renard se ramène une poule et, dès qu'il l'a finie, il se fait le coq.

Mais le loup, l'ours et le lion ne peuvent pas passer par là, ils sont trop gros.

Alors l'aubergiste leur propose une vache morte, abandonnée dans l'herbe, et ils s'en mettent plein la panse.

Et maintenant qu'elle a pris soin de ses bêtes, la chasseresse demande à l'aubergiste pourquoi la ville est tendue de crêpe noir, comme en deuil.

L'aubergiste lui répond : « Parce que la fille unique de notre roi va mourir demain. »

La chasseresse demande : « Elle est très malade ?

– Non, répond l'aubergiste, elle se porte comme un charme mais elle doit mourir quand même.

– Mais comment est-ce possible ? demande la chasseresse.

– Parce qu'aux portes de la ville il y a une grande montagne où habite un dragon. Si on ne lui fournit pas une jeune vierge chaque année, il détruit tout le pays… sauf que voilà : toutes les jeunes filles y sont déjà passées, et il ne reste plus que la fille du roi, et il n'y a aucun recours possible, elle doit lui être livrée et ça va se passer demain. »

La chasseresse dit : « Mais pourquoi on ne tue pas le dragon ?

– Ah, répond l'aubergiste, on ne compte plus les chevaliers qui s'y sont risqués, mais ils ont tous perdu la vie. Le roi offre sa fille en mariage à la personne qui arrivera à détruire le dragon, et il lui léguera aussi la succession de son royaume, après sa mort. »

La chasseresse n'en dit pas plus, mais le lendemain matin elle rameute ses bêtes pour gravir avec eux le mont Dragon.

Là, tout en haut, il y a une petite chapelle et, sur l'autel, il y a trois coupes pleines, à côté de l'inscription suivante :

Qui boit ces coupes deviendra la personne la plus forte du monde et pourra se servir du glaive enterré devant le portail.

La chasseresse ne boit rien, elle sort, elle trouve le glaive dans la terre mais elle ne parvient à le soulever.

Alors elle revient sur ses pas et elle vide les coupes et maintenant elle est assez forte pour déterrer le glaive et d'une seule main elle peut le manier très facilement.

Et voilà que c'est l'heure où la jeune fille doit être livrée au dragon, alors elle se présente, suivie du roi, du maréchal et de toute la cour.

Elle distingue, au sommet du mont Dragon, la chasseresse au loin, mais elle pense : « C'est le dragon, il est là et il m'attend. »

Et elle ne veut pas grimper là-haut mais finalement, pour sauver la ville de la destruction totale, elle se résout à emprunter ce chemin si difficile.

Le roi et toute la cour s'en retournent au château, anéantis de douleur.

Mais le maréchal du roi, qui a l'ordre de tout surveiller à distance, reste sur place.

Quand la fille du roi arrive au sommet de la montagne, elle ne trouve pas le dragon mais la jeune chasseresse qui la réconforte et lui dit : « Je vais te sauver », puis elle la conduit dans l'église et l'enferme à l'intérieur.

Sur ce, le dragon fait irruption.

Il a sept têtes qui mugissent toutes en même temps.

En découvrant la chasseresse, il n'en revient pas et dit : « Mais qu'est-ce que tu viens faire sur ma montagne ? »

La chasseresse répond : « Je viens me battre avec toi. »

Le dragon dit : « On ne les compte plus, les chevaliers qui en sont morts, mais toi je vais te laminer ! »

Et ses sept gueules crachent du feu, toutes en même temps.

Il veut embraser l'herbe sèche pour encercler la chasseresse et l'étouffer dans les flammes mais les bêtes arrivent à toute vitesse et piétinent le feu.

Alors le dragon fonce sur la chasseresse, mais elle sort son glaive, elle le fait siffler dans l'air et elle lui retire trois têtes.

Alors le dragon devient fou de rage, il se cabre en l'air, il crache feu et flammes et il veut se jeter sur la chasseresse mais celle-ci brandit son glaive et lui coupe encore trois têtes.

Et maintenant, le monstre est à bout de forces.

Il s'écroule par terre et il veut encore attaquer la chasseresse mais elle, dans un dernier sursaut, elle lui tranche la queue, et maintenant elle n'a plus aucune énergie pour se battre elle non plus, alors elle appelle ses bêtes à la rescousse qui le déchirent en mille morceaux.

Et maintenant que la bataille est terminée, la chasseresse ouvre la porte de l'église.

Et là, elle trouve la fille du roi, étendue par terre. Elle a eu tellement peur pendant la bataille qu'elle s'est évanouie.

Elle la porte au-dehors et la fille du roi reprend connaissance, et quand elle ouvre un œil, la chasseresse lui montre le dragon en mille morceaux, et lui dit : « Vous êtes délivrée. »

La jeune fille se réjouit et lui dit : « Tu vas donc devenir ma femme bien-aimée puisque mon père m'a promise à la personne qui tuerait le dragon. »

Sur ce, elle défait son collier en corail et elle en donne un bout à chaque bête, pour les récompenser de leurs efforts, et c'est le lion qui reçoit le petit fermoir en or.

Et le mouchoir brodé à son nom, elle l'offre à la jeune chasseresse, qui se lève, qui va couper les sept langues du dragon et maintenant elle les enveloppe à l'intérieur du tissu, pour les conserver bien précieusement.

Une fois cette tâche accomplie, elle dit à la jeune fille : « On est tellement épuisées qu'il faut qu'on dorme un tout petit peu. »

Alors la jeune fille répond « oui » et elles se couchent par terre, à même le sol, et la chasseresse dit au lion : « Toi, monte la garde ! Et que personne ne vienne nous attaquer pendant qu'on dort ! »

Et maintenant elles s'endorment, toutes les deux.

Le lion se couche à côté pour monter la garde, mais lui aussi est épuisé par la bataille, alors il appelle l'ours et il lui dit : « Couche-toi près de moi, il faut que je dorme un peu, mais s'il se passe quelque chose, tu me réveilles immédiatement ! »

Alors l'ours se couche à côté, mais lui aussi est épuisé, alors il appelle le loup et il lui dit : Couche-toi près de moi, il faut que je dorme un peu, mais s'il se passe quelque chose, tu me réveilles immédiatement ! »

Alors le loup se couche à côté mais lui aussi est épuisé, alors il appelle le renard et il lui dit :

« Couche-toi près de moi, il faut que je dorme un peu, mais s'il se passe quelque chose, tu me réveilles immédiatement ! »

Alors le renard se couche à côté, mais lui aussi est épuisé alors il appelle le lièvre et il lui dit :

« Couche-toi près de moi, il faut que je dorme un peu, mais s'il se passe quelque chose, tu me réveilles immédiatement ! »

Alors le lièvre s'assied à côté, et lui aussi est épuisé, mais, le pauvre, il n'a personne pour veiller sur lui et voilà qu'il s'endort.

Et maintenant tout le monde dort, la fille du roi, la chasseresse, le lion, l'ours, le loup, le renard et le lièvre, ils dorment tous du sommeil du juste.

Mais pendant ce temps, le maréchal, qui avait pour mission de tout surveiller à distance, ne voit pas le dragon s'envoler avec la jeune fille, et tout est bien calme du côté de la montagne, alors il prend son courage à deux mains et il gravit la pente, jusqu'en haut.

Et là, par terre, il découvre le dragon déchiqueté en mille morceaux et pas très loin, la fille du roi avec la chasseresse et ses bêtes, et ils sont tous plongés dans un sommeil profond.

Et comme c'est un homme sans foi ni loi, il s'empare du glaive et il décapite la chasseresse et il saisit la fille du roi à bras le corps et la redescend de la montagne.

Alors elle se réveille, et elle est prise de panique, mais le maréchal lui dit : « Ta vie est entre mes mains ! Et maintenant tu vas dire que c'est moi qui ai tué le dragon !

– Mais je ne peux pas, lui répond-elle, c'est une chasseresse, avec ses bêtes, qui l'a fait.

Alors il s'empare du glaive et il menace de la tuer, si elle ne lui obéit pas. Et il la force à lui donner sa parole d'honneur.

Là-dessus, il la ramène au roi, qui est fou de joie de retrouver sa fille chérie bien vivante, alors qu'il la croyait déchiquetée en mille morceaux par le monstre.

« J'ai tué le dragon et j'ai libéré la jeune fille et le royaume, j'exige donc qu'elle devienne mon épouse, comme vous l'aviez promis », dit le maréchal.

Le roi demande à la jeune fille : « C'est bien vrai, ce qu'il dit ?

– Oui, répond-elle, sans doute, c'est vrai, mais je voudrais patienter un an et un jour avant de célébrer le mariage. »

Elle espère d'ici là avoir des nouvelles de sa bien-aimée, la chasseresse.

Pendant ce temps-là, au sommet du mont Dragon, les animaux sont toujours couchés à côté de la dépouille de leur maîtresse, et ils dorment.

Et alors un bourdon passe par là et il vient se poser sur le museau du lièvre, mais le lièvre le dégage d'un coup de patte et il continue à dormir.

Le bourdon y retourne une deuxième fois mais le lièvre le dégage à nouveau pour dormir encore.

Alors il y retourne une troisième fois et il lui pique l'intérieur du museau, alors ça réveille le lièvre.

Et à peine est-il réveillé qu'il réveille le renard qui réveille le loup qui réveille l'ours qui réveille le lion.

Et à peine le lion est-il réveillé qu'il constate que la jeune fille n'est plus là et que sa maîtresse est morte, alors il se met à rugir d'une façon épouvantable et il crie : « Mais qui a fait ça ! Eh, l'ours, mais pourquoi tu ne m'as pas réveillé ? »

Alors l'ours demande au loup : « Mais pourquoi tu ne m'as pas réveillé ? »

Et le loup demande au renard : « Mais pourquoi tu ne m'as pas réveillé ? »

Et le renard au lièvre : « Mais pourquoi tu ne m'as pas réveillé ? »

Et le pauvre lièvre se retrouve tout seul, et il ne sait plus quoi répondre et toute la faute lui retombe dessus.

Alors ils veulent tous se jeter sur lui mais il les supplie de l'écouter : « Ne me tuez pas, je sais comment ressusciter notre maîtresse. Je connais une montagne où pousse une certaine racine. Celui qui l'a dans la bouche est immédiatement guéri de toutes les maladies et de toutes les blessures. Mais la montagne est à deux cents heures de chemin d'ici. »

Le lion dit : « Très bien mais tu dois faire l'aller-retour en vingt-quatre heures pour nous rapporter cette racine. »

Alors le lièvre galope tant qu'il peut, et vingt-quatre heures après, il est de retour avec la racine.

Le lion remet la tête de la chasseresse en place et le lièvre lui glisse la racine dans la bouche, et aussitôt tout remarche, le cœur recommence à battre, et la vie repart. Et la chasseresse se réveille, mais quand elle voit que la jeune fille n'est plus là, elle prend peur et elle se dit : « Elle est partie pendant que je dormais, elle voulait se débarrasser de moi. »

Dans l'affolement général, le lion a mis la tête de sa maîtresse à l'envers, mais celle-ci ne s'en aperçoit même pas tant elle est triste à cause de la fille du roi.

Ce n'est qu'à midi, alors qu'elle veut manger, qu'elle constate qu'elle a la tête dans le dos, et c'est à n'y rien comprendre, alors elle demande aux animaux ce qui s'est passé pendant qu'elle dormait. Alors le lion lui raconte que la fatigue les a pris eux aussi et qu'ils se sont tous endormis, et puis, quand ils se sont réveillés, ils l'ont retrouvée morte, la tête coupée, alors le lièvre est allé chercher la racine de vie, sauf que lui, dans la précipitation, il a mis la tête dans le mauvais sens. Mais il va tout de suite rattraper son erreur.

Sur ce, il lui arrache la tête, il la retourne, et le lièvre se sert de la racine pour la ressouder dans le bon sens.

Et maintenant, la chasseresse vagabonde de par le monde et elle fait danser ses bêtes devant les gens, mais elle est triste.

Il se trouve pourtant qu'un an après, jour pour jour, elle revient dans la ville où elle avait sauvé la jeune fille du dragon, mais cette fois-ci, la ville est entièrement drapée de rouge écarlate.

Alors elle va voir l'aubergiste : « Mais qu'est-ce que ça veut dire ? L'année dernière, la ville était tendue de crêpe noir, pourquoi aujourd'hui elle est rouge écarlate ? »

L'aubergiste lui répond : « L'année dernière, la fille de notre roi devait être livrée au dragon, mais le maréchal s'est battu et l'a tué, donc le mariage va être célébré demain. Voilà pourquoi la ville autrefois tendue de tristesse noire porte aujourd'hui le rouge écarlate de la joie. »

Le lendemain, censé être le jour des noces, la chasseresse dit à l'aubergiste, à l'heure de midi : « Vous me croyez, monsieur l'aubergiste, si je vous dis qu'aujourd'hui même, je vais manger, ici, chez vous, le même pain que celui qu'on sert à la table du roi ?

– N'importe quoi, dit l'aubergiste, je parie cent pièces d'or que ce n'est pas possible. »

La chasseresse relève le pari et dépose une bourse contenant cent pièces d'or sur la table.

Et puis elle appelle le lièvre et lui dit : « Va vite là-bas, mon petit athlète chéri, et rapporte-moi le pain que le roi mange. »

Et comme le lièvre est le plus menu de tous les animaux, il ne peut pas se défausser sur quelqu'un d'autre et il est bien obligé d'y aller.

Aïe, se dit-il, mais tous les chiens de garde vont me coller aux basques, quand je galoperai de par les rues.

Et en effet, c'est exactement ce qui se passe, tous les chiens lui collent aux basques pour lui en mettre une bonne.

Mais lui, il galope, il galope, c'est du jamais-vu.

Et il se réfugie dans une guérite sans même réveiller le soldat.

Mais les chiens rappliquent, ils essayent de l'attraper, alors le soldat, qui ne trouve pas ça très drôle, les tabasse à coups de crosse, et ils déguerpissent en hurlant à la ronde.

Dès que le lièvre constate que la voie est libre, il bondit jusqu'au château, et puis jusqu'à la fille du roi, il s'installe sous sa chaise et il lui gratte le pied.

Et là, elle dit : « Dégage ! »

Elle croit que c'est son chien.

Le lièvre lui gratte le pied une deuxième fois et là, elle dit à nouveau : « Dégage ! »

Elle croit toujours que c'est son chien.

Mais le lièvre ne désespère pas et il la gratte une troisième fois, alors elle regarde en bas et là, elle reconnaît le lièvre, à cause du collier.

Et maintenant, elle le prend sur ses genoux, elle l'emmène dans sa chambre et elle lui dit : « Cher lièvre, qu'est-ce que tu veux ? »

Il répond : « Ma maîtresse, qui a tué le dragon, est ici et elle m'a chargé de lui ramener le pain que le roi mange. »

Alors là, elle est folle de joie, et elle fait appeler le boulanger et elle lui ordonne de lui rapporter le même pain que celui du roi.

Le petit lièvre dit : « Mais le boulanger doit me raccompagner, sinon les chiens de garde vont m'attaquer. »

Le boulanger le raccompagne donc jusqu'à la porte de l'auberge.

Et une fois là, le lièvre se dresse sur ses pattes de derrière, tout en attrapant le pain avec ses pattes de devant, et il l'offre à sa maîtresse.

Alors la chasseresse dit : « Vous voyez, monsieur l'aubergiste, les cent pièces d'or, c'est pour bibi ! »

L'aubergiste est éberlué, mais la chasseresse lui rétorque : « Tout à fait, monsieur l'aubergiste, et maintenant que j'ai le pain, je voudrais bien avoir, en plus, le rôti que le roi mange. »

L'aubergiste dit : « J'aimerais bien voir ça. »

Mais ce coup-ci, il s'abstient de parier.

La chasseresse appelle donc le renard et lui dit : « Va vite là-bas, mon petit renard, et rapporte-moi le rôti que le roi mange. »

Le renard connaît mieux que personne les chemins dérobés, alors il se faufile de coin en recoin, sans se faire alpaguer par les chiens, il s'installe sous la chaise de la fille du roi et il lui gratte le pied.

Alors elle regarde vers le bas, elle reconnaît le renard à son collier, elle l'emmène dans sa chambre et elle lui dit : « Cher renard, qu'est-ce que tu veux ? »

Il répond : « Ma maîtresse, qui a tué le dragon, est ici, et elle m'a chargé de lui rapporter le rôti que le roi mange. »

Alors elle fait appeler le cuisinier et elle lui demande d'apporter le même rôti que celui du roi et puis de raccompagner le renard jusqu'à la porte de l'auberge.

Et une fois là, le renard lui prend le plat des mains, il remue la queue pour chasser les mouches qui se sont posées sur le rôti et il l'offre à sa maîtresse.

« Vous voyez, monsieur l'aubergiste, dit la chasseresse, maintenant que j'ai le pain et la viande, je voudrais bien avoir, en plus, les légumes que le roi mange. »

Alors elle appelle le loup et lui dit : « Va vite là-bas, mon loup chéri, et rapporte-moi les légumes que le roi mange. »

Alors le loup va directement au château car il n'a peur de personne, et quand il arrive dans la chambre de la fille du roi, il la tire par le bas de sa jupe pour attirer son attention.

Elle le reconnaît à son collier et lui dit : « Cher loup, qu'est-ce que tu veux ? »

Il répond : « Ma maîtresse, qui a tué le dragon, est ici, et elle m'a chargé de lui rapporter les légumes que le roi mange. »

Alors elle fait appeler le cuisinier et elle lui demande de lui préparer les mêmes légumes que ceux du roi et puis de raccompagner le loup jusqu'à la porte de l'auberge.

Et une fois là, le loup lui prend le plat des mains et l'offre à sa maîtresse.

« Vous voyez, monsieur l'aubergiste, dit la chasseresse, maintenant que j'ai le pain, la viande et les légumes, je voudrais bien avoir, en plus, les douceurs que le roi mange. »

Alors elle appelle l'ours et lui dit : « Mon ours chéri, toi qui adores les sucreries, va vite là-bas et rapporte-moi les douceurs que le roi mange. »

Alors l'ours trottine jusqu'au château, et personne ne se met en travers de sa route.

Mais quand il arrive devant le poste de garde, on l'accueille avec des fusils et on refuse de le laisser entrer dans le château du roi.

Alors il se met droit debout et il donne des coups de patte à droite à gauche, et toute la garde s'écroule par terre.

Là-dessus, il file directement chez la fille du roi, il se met derrière elle et il grogne un tout petit peu. Alors elle se retourne et elle reconnaît l'ours et elle l'invite à pénétrer dans sa chambre et elle lui dit : « Cher ours, qu'est-ce que tu veux ? »

Et il répond : « Ma maîtresse, qui a tué le dragon, est ici, et elle m'a chargé de lui rapporter les douceurs que le roi mange. »

Alors elle fait appeler le pâtissier et elle lui demande de lui confectionner les mêmes douceurs que celles du roi et puis de raccompagner l'ours jusqu'à la porte de l'auberge.

Et une fois là, l'ours lèche d'abord les dragées qui ont roulé par terre, et puis il se met debout, il prend le plat et il l'offre à sa maîtresse.

« Vous voyez, monsieur l'aubergiste, dit la chasseresse, j'ai le pain, la viande, les légumes et les douceurs que le roi mange, mais maintenant je voudrais bien boire le vin que le roi boit. »

Alors elle dit au lion de venir et : « Mon lion chéri, toi qui as une si bonne descente, va là-bas et rapporte-moi le vin que le roi boit. »

Alors le lion s'avance de par les rues, et les gens partent en courant, et quand il arrive devant le poste de garde, ils essayent de lui barrer le passage, mais dès qu'il commence à rugir tout le monde détale.

Et maintenant le lion arrive devant la chambre royale, et il frappe à la porte avec le bout de sa queue. Alors la fille du roi s'approche et elle a presque peur mais elle reconnaît le lion, car il a le petit fermoir en or de son collier, alors elle l'invite à entrer dans sa chambre et elle lui dit : « Cher lion, qu'est-ce que tu veux ? »

Et il répond : « Ma maîtresse, qui a tué le dragon, est ici, et m'a chargé de lui rapporter le vin que le roi boit. »

Alors elle fait appeler le sommelier et elle lui demande de donner au lion le même vin que celui du roi.

Et le lion dit : « Je vais l'accompagner pour voir ce qu'il me donne. »

Alors il sort avec le sommelier et, quand ils arrivent dans la cave, ce dernier veut lui tirer du vin ordinaire, celui qu'on donne aux gens de cuisine, mais le lion dit : « Eh, dis donc! D'abord tu me fais goûter! »

Et il s'en tire une demi-chope et il l'avale cul sec.

« Non, dit-il, ce n'est pas celui-là. »

Le sommelier le regarde de travers, mais il prend sur lui et il se dirige vers un autre tonneau, destiné au maréchal.

Mais le lion dit : « Eh oh! D'abord je goûte! »

Et il s'en tire une demi-chope et il le boit : « C'est mieux mais ce n'est toujours pas celui-là. »

Alors le sommelier sort de ses gonds et lui dit : « Tu es bête à manger du foin, qu'est-ce que t'y connais en vin? »

Mais le lion lui donne un petit coup de patte derrière l'oreille et il s'écroule par terre et, quand il se relève, il emmène le lion, en grand secret, dans une petite réserve particulière où est stocké le vin du roi, que personne n'a le droit de boire, personne.

Le lion s'en tire d'abord une demi-chope, il le goûte et puis il dit : « Je crois que c'est celui-là. »

Et il invite le sommelier à lui en remplir six bouteilles.

Et maintenant ils remontent de la cave mais, quand le lion se retrouve à l'air libre, il ne marche plus très droit et il est un peu saoul, alors le sommelier doit le raccompagner jusqu'à la porte d'entrée en portant le vin lui-même.

Et une fois là, le lion prend la panière dans sa gueule et il l'offre à sa maîtresse.

La chasseresse dit : « Vous voyez, monsieur l'aubergiste, j'ai le pain, la viande, les légumes, les douceurs et le vin du roi, et maintenant je voudrais bien passer à table, avec mes animaux. »

Et elle se met à table, et elle mange et elle boit, et elle donne aussi au lièvre, au renard, au loup, à l'ours et au lion à boire et à manger, et elle est de très bonne humeur, car maintenant elle sait que la fille du roi l'aime encore.

Et comme le repas se termine, elle dit : « Monsieur l'aubergiste, maintenant que j'ai bu et mangé ce que le roi boit et mange, je vais aller dans la cour du château et je vais épouser la fille du roi. »

Alors l'aubergiste lui demande : « Mais comment ? Elle a déjà un fiancé et les noces vont être célébrées aujourd'hui même. »

Alors la chasseresse lui montre le mouchoir que la fille du roi lui avait donné sur le mont Dragon, avec dedans, bien enveloppées, les sept langues du monstre, et elle dit : « Ce que j'ai dans la main va m'aider à y parvenir ! »

Alors l'aubergiste regarde à l'intérieur du mouchoir et lui dit : « On peut me faire croire tout et n'importe quoi, mais pas ça ! Je mise ma maison et tous mes biens que ce n'est pas possible. »

Alors la chasseresse sort une bourse remplie de mille pièces d'or, elle la pose sur la table et elle dit : « Voilà ce que je parie en retour. »

Et maintenant le roi, assis à la table royale, dit à sa fille : « Mais pourquoi toutes ces bêtes sauvages ont-elles fait des allers-retours dans le château pour venir te voir ? »

Alors elle lui répond : « Je n'ai pas le droit de vous le dire mais vous feriez bien d'envoyer chercher la maîtresse de ces animaux. »

Le roi envoie donc un serviteur à l'auberge pour inviter l'étrangère au château et le serviteur arrive pile à l'instant où la chasseresse parie avec l'aubergiste.

Alors elle dit : « Vous voyez, monsieur l'aubergiste, maintenant le roi envoie un serviteur pour m'inviter à sa table, mais je ne vais pas y aller comme ça. »

Et puis elle dit au serviteur : « Je me permets de prier Sa Majesté de me faire envoyer des habits royaux, un carrosse tiré par six chevaux et des gens pour m'escorter. »

Quand le roi entend cette requête, il demande à sa fille : « Que dois-je faire ? »

Elle lui répond : « Vous feriez bien de faire ce qu'elle demande. »

Alors le roi lui envoie des habits royaux, un carrosse tiré par six chevaux et des gens pour l'escorter.

Et quand la chasseresse les voit arriver, elle dit : « Vous voyez, monsieur l'aubergiste, voilà qu'on fait exactement ce que j'ai demandé. »

Elle enfile les habits royaux, elle prend le mouchoir contenant les langues du dragon et elle s'en va chez le roi.

Quand le roi la voit arriver, il demande à sa fille : « Comment dois-je la recevoir ? »

Elle lui répond : « Vous feriez bien d'aller à sa rencontre. »

Alors le roi va à sa rencontre et l'engage à gravir les marches du château, et tous les animaux suivent à la queue leu leu.

Le roi l'invite à prendre place entre sa fille et lui-même.

Quant au maréchal, il est assis en face, en qualité de fiancé, mais il ne reconnaît absolument pas la chasseresse.

Et voilà que, juste à ce moment-là, les sept têtes du dragon sont présentées à l'assemblée, et le roi dit : « Le maréchal a coupé les sept têtes du dragon, c'est pourquoi je lui donne aujourd'hui ma fille en mariage. »

Alors la chasseresse se lève, elle ouvre les sept gueules et elle dit : « Mais où sont passées les sept langues du dragon ? »

Alors là, le maréchal commence à paniquer, il devient tout blanc et il ne sait plus quoi répondre et pour finir il dit, tremblant de peur : « Les dragons n'ont pas de langues. »

La chasseresse répond : « Que les menteurs en soient privés ! Les langues du dragon sont l'emblème du vainqueur. »

Et alors elle ouvre son mouchoir, et toutes les sept y sont. Et elle remet chaque langue dans sa gueule d'origine, et elles y rentrent impeccablement.

Sur ce, elle sort le mouchoir brodé au nom de la fille du roi, elle le lui montre et elle lui demande à qui elle l'a donné, alors celle-ci répond : « À la personne qui a tué le dragon. »

Et puis elle appelle ses bêtes, elle récupère chaque bout de collier et elle reprend au lion le fermoir en or et elle montre le tout à la jeune fille et lui demande : « À qui est-ce ? »

Alors celle-ci répond : « Le collier et le fermoir en or sont à moi, j'en ai donné un bout à chacune de ces bêtes, car elles ont aidé à combattre le dragon. »

Alors la chasseresse dit : « Comme j'étais épuisée après le combat, je me suis endormie mais le maréchal est arrivé et il m'a coupé la tête. Et puis il a emporté la fille du roi en prétendant que c'était lui qui avait tué le dragon. Pour vous prouver qu'il ment, je vous présente les langues, le mouchoir et le collier. »

Et ensuite elle raconte que ses bêtes l'ont guérie grâce à une racine miraculeuse et qu'elle a vagabondé avec eux une année entière de par le vaste monde et que, pour finir, elle s'est retrouvée ici, où elle a découvert l'entourloupe du maréchal en entendant l'aubergiste lui raconter toute l'histoire.

Alors le roi demande à sa fille : « C'est bien vrai que c'est elle qui a tué le dragon ? »

Alors celle-ci répond : « Oui, c'est vrai. Et maintenant j'ai le droit de rendre publique l'ignominie du maréchal, qui s'est révélée sans que j'y sois pour rien. Il m'avait fait jurer silence, c'est pourquoi je tenais à ce que le mariage ne soit célébré qu'après un an et un jour. »

Alors le roi fait appeler douze conseillers pour juger le maréchal et il est condamné à être écartelé par quatre bœufs.

Et maintenant que le sort du maréchal est réglé, le roi offre sa fille à la chasseresse et il la nomme souveraine de tout le royaume.

Le mariage est célébré en grande pompe, et la jeune souveraine fait appeler son père et son père adoptif et elle les comble de cadeaux.

Mais elle n'oublie pas l'aubergiste et elle le fait venir et lui dit : « Vous voyez, monsieur l'aubergiste, j'ai épousé la fille du roi, donc votre maison et tous vos biens me reviennent. »

Et l'aubergiste lui répond : « Oui, c'est votre droit. »

Mais la jeune souveraine lui dit : « Je vous en fais grâce, vous pouvez garder votre maison et tous vos biens, quant aux mille pièces d'or que j'avais pariées, je vous les laisse bien volontiers. »

Et maintenant la jeune reine et la jeune souveraine vivent ensemble dans la joie et dans la bonne humeur.

La jeune souveraine part souvent à la chasse, car c'est son grand plaisir, et ses bêtes fidèles l'accompagnent.

Aux alentours, il y a une forêt, « à éviter », comme on dit, car celui qui s'y risque aura le plus grand mal à en ressortir.

Mais la jeune souveraine a une furieuse envie d'y aller, et elle harcèle le vieux roi tant et si bien qu'il finit par lui en donner l'autorisation.

Et donc maintenant elle s'y rend à cheval, accompagnée d'une belle escorte, et quand elle arrive à l'orée de la forêt elle voit au loin une biche blanche comme neige et elle dit à ses gens : « Restez là jusqu'à ce que je revienne, je ne vais pas laisser passer un si beau gibier ! »

Et elle s'enfonce à l'intérieur de la forêt et il n'y a que ses bêtes qui l'accompagnent.

Ses gens restent là et l'attendent jusqu'au soir mais elle ne revient pas.

Alors ils s'en retournent au château et ils disent à la jeune reine : « Votre épouse est partie chasser une biche blanche dans la forêt ensorcelée mais elle n'est pas revenue. »

Alors là, la jeune reine commence à se faire un sang d'encre.

Et la jeune souveraine, pendant ce temps-là, galope derrière la belle bête, mais elle n'arrive jamais à la rattraper.

Et quand elle croit qu'elle est enfin à portée de tir, la biche se dégage d'un bond encore et toujours plus loin et pour finir elle se volatilise purement et simplement.

Et maintenant la jeune souveraine se rend compte qu'elle s'est enfoncée très profondément dans la forêt, alors elle prend son cor de chasse et elle appelle, mais personne ne lui répond car ses gens sont trop loin pour l'entendre.

Et en plus la nuit commence à tomber, alors elle comprend qu'elle ne pourra pas rentrer le jour même. Alors elle descend de son cheval, elle se fait un feu au pied d'un arbre et elle s'apprête à y passer la nuit.

Et maintenant qu'elle est assise auprès du feu, avec ses bêtes couchées à ses pieds, il lui semble entendre comme une voix humaine : elle regarde autour mais rien.

Et puis à nouveau elle entend comme une plainte venant d'en haut, alors elle lève les yeux et elle voit une vieille femme perchée dans l'arbre, qui ne fait que geindre : « Hou hou hou, qu'est-ce que j'ai froid ! »

Elle lui dit : « Lève-toi et viens te réchauffer, si tu as froid. »

Mais elle lui répond : « Non, tes bêtes vont me mordre. »

Elle lui dit : « Elles ne te feront rien, petite mère, viens donc en bas. »

Mais en fait c'est une sorcière et elle lui dit : « Je vais t'envoyer une baguette du haut de mon arbre, tu vas taper le flanc de tes bêtes avec, comme ça elles ne me feront rien. »

Alors elle lui jette une petite baguette et la jeune souveraine touche ses bêtes avec, et aussitôt elles s'immobilisent totalement et elles se transforment en pierre.

Et maintenant que la sorcière n'a plus rien à craindre des bêtes, elle saute à terre et elle touche la jeune souveraine avec sa baguette et voilà qu'elle aussi, elle se transforme en pierre.

La sorcière éclate de rire et elle la jette avec ses bêtes dans une fosse déjà bien remplie de pierres de cet acabit.

Quant à la jeune reine, elle s'inquiète de plus en plus car son épouse ne rentre toujours pas.

Or il se trouve que, pile au même moment, l'autre sœur, qui était partie vers l'est lorsqu'elles s'étaient séparées, arrive dans le royaume.

Elle avait cherché à se faire embaucher mais elle n'avait rien trouvé, puis elle avait vagabondé de-ci, de-là, en faisant danser ses bêtes.

Et puis un jour, elle avait eu envie d'aller voir le couteau qu'elles avaient planté dans un arbre quand elles s'étaient quittées, pour prendre des nouvelles de sa sœur.

Et quand elle était arrivée, la lame plantée du côté de sa sœur était à moitié rouillée et à moitié brillante.

Alors elle avait pris peur et elle s'était dit : Ma sœur doit être en grand danger, mais peut-être que je peux encore la sauver, car la moitié de la lame est encore brillante !

Alors elle avait pris la route vers l'ouest avec ses animaux, et maintenant elle est aux portes de la ville, et la sentinelle vient à sa rencontre et lui demande si on doit annoncer sa venue à son épouse : la jeune reine s'inquiète tellement de sa disparition depuis des jours, qu'elle s'imagine qu'elle a péri dans la forêt ensorcelée.

La sentinelle, en effet, ne peut pas deviner qu'elle n'est pas la jeune souveraine tant elle lui ressemble, et en plus elle a les mêmes bêtes sauvages autour d'elle.

Alors là, elle comprend qu'on lui parle de sa sœur et elle se dit : C'est parfait, je vais me faire passer pour elle, comme ça je pourrai plus facilement venir à son secours.

Et donc elle se laisse accompagner par la sentinelle jusqu'au château, où elle est accueillie à bras ouverts.

La jeune reine n'imagine pas une seconde que ce n'est pas sa femme, et elle lui demande pourquoi elle s'est absentée si longtemps.

Elle lui répond : « Je me suis perdue dans la forêt et je n'ai pas réussi à en sortir plus tôt. »

Le soir, on la conduit au lit royal. Elle dépose une épée à double tranchant au beau milieu du lit. La jeune reine ne comprend pas ce que ça veut dire. Mais elle n'ose pas lui poser de questions.

Et donc, elle reste là quelques jours, et elle se renseigne sur tout ce qui s'est passé dans la forêt ensorcelée et pour finir, elle dit : « Il faut que j'y retourne encore une fois. »

Le roi et la jeune reine essayent de l'en dissuader mais rien n'y fait, elle tient bon et elle y retourne, accompagnée d'une belle escorte.

Et une fois dans la forêt, il lui arrive la même chose qu'à sa sœur, elle remarque une biche blanche comme neige et elle dit à ses gens : « Restez là jusqu'à ce que je revienne, je ne vais pas laisser passer un si beau gibier ! »

Elle s'enfonce dans la forêt à cheval et ses bêtes l'accompagnent.

Mais elle n'arrive pas à rattraper la biche et elle s'enfonce si profondément dans la forêt qu'elle doit y passer la nuit.

Et maintenant qu'elle est devant son feu, elle entend comme une plainte au-dessus d'elle : « Hou hou hou, qu'est-ce que j'ai froid ! »

Alors elle regarde en haut et elle voit la même sorcière perchée dans l'arbre, et elle dit : « Si tu as froid, ben descends, petite mère, et viens te réchauffer ici. »

Elle répond : « Non, tes bêtes vont me mordre. »

Mais elle lui dit : « Mais non. Elles ne te feront rien. »

Alors la vieille femme lui crie : « Je vais t'envoyer une baguette, tu vas taper le flanc de tes bêtes avec, pour qu'elles ne me fassent rien. »

Mais la chasseresse ne fait pas confiance à la vieille, en l'entendant parler, et elle lui dit : « Je ne tape jamais mes bêtes, descends tout de suite sinon c'est moi qui viens te chercher ! »

Alors la sorcière lui crie : « Qu'est-ce que crois ? Tu ne me feras rien du tout ! »

Mais elle lui répond : « Si tu ne viens pas, je tire ! »

Elle rétorque : « Tu peux toujours essayer, je n'ai pas peur de tes balles ! »

Alors la chasseresse se lève et elle lui tire dessus mais la sorcière reste impassible face aux balles de plomb et elle ricane comme une hyène et elle lui crie : « Tu ne pourras jamais me toucher ! »

La chasseresse sait maintenant à quoi s'en tenir, alors elle arrache de sa veste trois boutons d'argent et elle les charge dans sa carabine, car le pouvoir magique de la vieille ne peut rien là contre, et en effet, à peine a-t-elle appuyé sur la détente que la sorcière s'écroule par terre en glapissant.

Et maintenant, elle l'écrase sous sa botte et elle lui dit : « Vieille sorcière, si tu ne me dis pas immédiatement où est ma sœur, je t'attrape par le cou et je te jette dans le feu. »

Alors elle est complètement paniquée, elle implore grâce et lui dit : « Elle est dans une fosse, changée en pierre, avec ses bêtes. »

Alors la chasseresse la force à l'y conduire, et elle la menace et elle dit : « Vieille guenon, tu vas immédiatement rendre la vie à ma sœur et à toutes les créatures qui sont couchées à côté d'elle, sinon je te brûle ! »

Alors la sorcière prend une baguette et elle l'agite au-dessus des pierres, et alors la sœur et ses bêtes redeviennent vivantes, et tous les autres, les commerçants, les artisans, les paysans, tous ils se redressent, pleins de gratitude d'avoir retrouvé la liberté et ils rentrent chez eux.

Et les deux sœurs jumelles s'embrassent et se réjouissent du fond du cœur.

Et puis elles attrapent la sorcière, elles la ligotent et elles la jettent dans le feu et, maintenant qu'elle est carbonisée, la forêt s'ouvre d'elle-même, et elle devient lumineuse et claire et on peut même distinguer le château royal, qui est pourtant à trois heures de marche.

Les deux sœurs rentrent à la maison et en chemin, elles se racontent leurs aventures.

Et quand la plus jeune explique qu'elle est devenue la souveraine de ce pays, à la place du roi, sa sœur lui répond : « Mais je m'en suis aperçue très vite, car quand je suis arrivée dans la ville, on m'a confondue avec toi et on m'a fait tous les honneurs royaux : la jeune reine a cru que j'étais sa femme, et j'ai dû manger à ses côtés, et dormir avec elle dans le même lit. »

L'autre, à ces mots, devient tellement jalouse, tellement furieuse, qu'elle dégaine son épée et décapite sa sœur.

Mais quand elle la voit morte, couchée dans une flaque rouge de sang, elle la regrette de tout son cœur : « Ma sœur m'a délivrée, et moi, en retour, je l'ai tuée », et elle se lamente à voix haute et elle se désole très fort.

Alors son lièvre s'approche d'elle et lui propose d'aller chercher la racine de vie, et il galope tant qu'il peut et il la ramène à temps : et la morte reprend vie et elle n'a même pas conscience d'avoir été blessée.

Là-dessus, elles continuent leur chemin, et la plus jeune dit : « D'apparence, tu es comme moi, tu portes des habits royaux comme moi, et tes bêtes te suivent comme les miennes : on va rentrer dans la ville par les deux portes opposées et on va se présenter au vieux roi des deux côtés en même temps. »

Et donc elles se séparent, et voilà que la sentinelle d'une des portes arrive chez le vieux roi pile en même temps que l'autre, et elles annoncent de concert que la jeune souveraine est rentrée de la chasse avec ses bêtes.

Le roi dit : « Mais ce n'est pas possible, les portes sont à une heure de distance l'une de l'autre. »

Et pendant ce temps-là, les deux sœurs arrivent dans la cour du château de part et d'autre et elles montent à l'étage, toutes les deux en même temps.

Alors le roi dit à sa fille : « Dis-moi c'est laquelle, ta femme ? L'une est tellement semblable à l'autre, que je ne saurai le dire. »

La jeune reine est prise de panique, car elle ne sait pas quoi répondre, mais pour finir elle se souvient du collier qu'elle avait donné aux bêtes alors elle le cherche et elle trouve le petit fermoir en or sur l'un des deux lions.

Alors elle s'écrie, toute joyeuse : « Ce lion escorte celle qui est ma vraie femme ! »

Alors la jeune souveraine éclate de rire, et elle dit : « Oui, c'est tout à fait juste. »

Et ils prennent place tous ensemble à la table, et ils mangent et ils boivent, et ils sont très heureux.

Et le soir, quand la jeune souveraine se met au lit, sa femme lui dit : « Mais pourquoi tu as mis une épée à double tranchant dans notre lit, ces dernières nuits ? J'ai vraiment cru que tu voulais ma mort. »

Et là, elle découvre à quel point sa sœur lui a été fidèle.

★

Die Zwei Brüder. Les deux frères. *Dans le conte des deux frères Grimm, il y a donc deux fois deux frères. Et les jumeaux, qui jurent ici de s'aimer fraternellement jusqu'à la mort, évoquent l'histoire de Jacob et Wilhelm eux-mêmes, qui ont travaillé et vécu toute leur vie ensemble, et qui sont enterrés l'un à côté de l'autre. J'ai gardé les deux frères du début mais l'un des deux frères a des jumelles plutôt que des jumeaux, ce qui permet d'imaginer un combat entre une femme et un dragon et un mariage, approuvé par le roi, et tout à fait officiel, entre une princesse et une chasseresse victorieuse.*

Le conte du pays de Cocagne

C'était à l'époque du pays du Cocagne.

J'y suis allée et là-bas, oui, j'ai vu Rome et le Latran, suspendus à un minuscule fil de soie, et il y avait un cul-de-jatte qui doublait un cheval de course, et une épée bien affûtée qui sectionnait un pont.

Et là-bas, oui, j'ai vu un ânon avec un museau en argent rabattre deux lièvres au galop, et des macarons tout chauds pousser sur un énorme tilleul.

Et là-bas, oui, j'ai vu une vieille bique décharnée porter sur son dos au moins cent charretées de saindoux et soixante charretées de sel.

Vous voulez que je continue à mentir ?

Là-bas, oui, j'ai vu une charrue qui labourait, mais sans bœuf ni cheval, et j'ai vu un mouflet de un an balancer quatre meules de Ratisbonne jusqu'à Trèves et puis de Trèves jusqu'à Strasbourg, et j'ai vu un épervier qui traversait le Rhin à la nage, il en avait parfaitement le droit.

Et là-bas, oui, j'ai entendu des poissons faire tant de foin que ça résonnait jusqu'en haut du ciel, et du miel très doux coulait à flots du fin fond de la vallée jusqu'au sommet de la montagne.

Quelles drôles d'histoires !

Et là-bas, oui, il y avait aussi deux corneilles qui fauchaient un pré, et j'ai vu deux bourdons qui construisaient un pont, et deux colombes qui déchiquetaient un loup, et deux enfants qui mettaient bas deux chevreaux et deux grenouilles qui battaient le grain de concert.

Et là-bas, oui, j'ai vu deux souris consacrer un évêque, deux chats griffer la langue d'un ours. Et alors un escargot est arrivé au galop et il a tué deux lions très féroces.

Et là-bas, oui, il y avait aussi un barbier qui taillait la barbe d'une femme, et deux nourrissons qui ordonnaient à leur mère de se taire.

Et là-bas, oui, j'ai vu deux lévriers soulever un moulin hors de l'eau, et il y avait aussi une vieille carne qui était à côté d'eux et qui leur disait : « Vous faites bien. »

Et dans la cour, il y avait quatre chevaux qui battaient le blé de toutes leurs forces, et deux chèvres qui faisaient chauffer le poêle, et une vache rousse qui enfournait le pain.

Et alors là, le coq s'est mis à chanter : « Cocorico, kirikiki, le conte est fino-fini, cocorico, kirikiki ! »

*

Das Märchen vom Schlauraffenland. Le conte du pays de Cocagne. *Dans ce conte où tout est à l'envers, j'ai tout laissé à l'endroit, c'est-à-dire à l'envers.*

Hansel et Gretel

Un pauvre bûcheron habitait à l'orée d'une grande forêt, avec sa femme et ses deux enfants.

Le petit garçon s'appelait Hansel et la petite fille, Gretel.

Cet homme avait déjà du mal à nourrir les siens, mais voilà qu'une grande famine s'abat sur le pays et maintenant il arrive à peine à se procurer du pain.

Et la nuit, il est fou d'inquiétude au fond de son lit, et il rumine des idées noires et il soupire et il dit à sa femme : « Mais qu'est-ce qu'on va devenir ? Et comment on va faire pour nourrir nos pauvres enfants, quand même pour nous on n'a plus rien ?

– Tu sais quoi, homme? dit la femme. Demain dès l'aube, on va emmener les enfants au plus profond de la forêt. Là, on va leur faire un bon feu, on va leur donner à chacun un petit bout de pain, et puis on va partir au travail et on va les laisser tout seuls. Ils ne retrouveront jamais le chemin de la maison et ce sera bon débarras.

– Non, femme, dit l'homme, je ne ferai jamais une chose pareille. Comment veux-tu que j'abandonne mes enfants tout seuls dans la forêt, à la merci des bêtes sauvages, ils vont se faire dévorer.

– Mais qu'est-ce que tu es bête ! répond la femme. Dans ce cas, on va crever de faim tous les quatre et tu peux déjà commencer à raboter les planches de nos cercueils. »

Et elle le tourmente et elle le tourmente jusqu'à ce qu'il craque.

« Mais quand même, j'ai tellement de chagrin pour les petits ! » dit l'homme.

Les deux enfants ont tellement faim qu'ils ne trouvent pas le sommeil eux non plus, et ils entendent tout ce que la marâtre dit au père.

Gretel pleure à chaudes larmes et dit à Hansel : « Mais qu'est-ce qu'on va devenir ?

– Mais tais-toi Gretel, arrête de t'inquiéter comme ça, je vais bien trouver une solution ».

Et dès que les vieux dorment, il se lève, il met son petit tablier, il ouvre la porte de derrière et il se faufile au-dehors.

Et là, la lune est très claire et, sur le seuil de la maison, les galets blancs scintillent comme des sous neufs.

Hansel se baisse et il en prend autant qu'il peut dans son tablier.

Et puis il rentre à la maison et il dit à Gretel : « Calme-toi, petite sœur chérie, et dors bien tranquille, Dieu ne nous oubliera pas. »

Et il retourne se mettre au lit.

Au lever du jour, avant même que le soleil ne se montre, la femme est déjà là et elle réveille les deux enfants : « Debout, espèces de fainéants, on va ramasser du bois dans la forêt. »

Et puis elle leur donne à chacun un petit bout de pain et elle dit : « C'est pour midi, mais ne le mangez pas avant, vous n'aurez rien de plus. »

Gretel range le pain dans son tablier, car Hansel a déjà des cailloux plein les poches.

Puis ils prennent tous ensemble le chemin qui conduit à la forêt.

Après quelques pas, Hansel s'arrête et il se retourne comme pour regarder la maison, et plus loin il recommence, et encore, et encore.

Le père dit : « Hansel, arrête de traîner la patte, qu'est-ce que tu regardes comme ça ? Fais attention un peu.

– Ah, papa, dit Hansel, je regarde mon petit chat blanc, il est assis là-haut, sur le toit, pour me dire au revoir. »

La femme dit : « Mais quel crétin, c'est pas ton petit chat, c'est le soleil du matin qui brille sur la cheminée. »

Mais en réalité, Hansel ne regarde pas le petit chat, il tire de sa poche les cailloux blancs et il les jette sur le chemin, les uns après les autres.

Quand ils sont arrivés au milieu de la forêt, le père dit : « Bon les enfants, allez chercher du bois, je vais vous faire un feu pour que vous n'ayez pas trop froid. »

Hansel et Gretel rassemblent du bois mort, ils en font une petite montagne.

Et puis le bois mort est allumé et quand la flamme est bien haute, la femme dit : « Maintenant, posez-vous près du feu, les enfants, et restez bien tranquilles, nous, on va couper du bois dans la forêt, et dès qu'on a fini, on repasse vous chercher. »

Hansel et Gretel s'asseyent donc près du feu et quand midi arrive, chacun mange son petit bout de pain.

Et comme ils entendent des coups de hache, ils se disent que leur père est dans les parages.

Mais ce n'est pas la hache. C'est une branche qu'il a fixée à un arbre mort, et qui cogne et recogne contre le tronc, au gré du vent.

Et maintenant, ils sont restés assis tellement longtemps qu'ils ont les yeux qui piquent, et ils tombent de sommeil, et ils s'endorment profondément.

Et quand enfin ils se réveillent, il fait déjà nuit noire.

Gretel commence à pleurer et dit : « Comment on va faire pour sortir de la forêt ? »

Mais Hansel la console : « Attends un peu, dès que la lune sera là, on va retrouver le chemin ! »

Et quand la pleine lune est montée au ciel, Hansel prend sa petite sœur par la main et ils suivent les cailloux qui brillent comme des sous neufs sur le chemin.

Ils marchent toute la nuit et, au petit jour, ils arrivent devant la maison de leur père.

Ils toquent à la porte et, quand la femme arrive et qu'elle découvre que c'est Hansel et Gretel, elle dit : « Sales gosses, mais pourquoi vous avez traînassé comme ça dans la forêt? On a vraiment cru que vous n'alliez jamais revenir ! »

Mais le père, lui, est très content, car il avait le cœur gros de les avoir abandonnés, comme ça, tout seuls, dans la forêt.

Peu après, la misère reprend de plus belle, et une nuit, les enfants entendent ce que la mère dit au père, au fond du lit : « Et voilà, ça recommence ! Y a plus qu'la moitié d'une miche de pain, et après, finie la chanson ! Les enfants, faut qu'ils dégagent, et puis c'est tout !

On va les emmener encore plus loin dans la forêt, comme ça ils ne retrouveront jamais le chemin, c'est la seule solution. »

L'homme, ça lui déchire le cœur, et il se dit : « Tu ferais mieux de partager la dernière bouchée avec les enfants. »

Mais la femme n'en démord pas, et elle ne fait que le critiquer et l'accabler de reproches.

« Quand le vin est tiré, il faut le boire ! »

Et comme il a cédé une première fois, il faut bien qu'il y retourne.

Mais les enfants, eux, sont toujours réveillés et ils entendent tout ce qu'il se dit.

Dès que les vieux dorment, Hansel se lève pour aller dehors, il veut ramasser des cailloux comme la fois d'avant, mais la femme a fermé la porte à clé, et Hansel ne peut pas sortir.

Il console pourtant sa petite sœur, en lui disant : « Ne pleure pas, Gretel, et dors tranquille, le bon Dieu va bien trouver un moyen de nous aider. »

Au petit jour, la femme vient sortir les enfants du lit. Et ils reçoivent chacun un bout de pain, mais il est encore plus petit que la fois d'avant.

Sur le chemin qui mène à la forêt, Hansel émiette le pain au fond de sa poche et il s'arrête régulièrement pour jeter les petites miettes par terre.

« Hansel, mais pourquoi tu t'arrêtes tout le temps ? Qu'est-ce que tu regardes comme ça ? Avance un peu !

– Je regarde ma petite colombe, elle est assise sur le toit pour me dire au revoir.

– Mais quel crétin ! dit la femme, c'est pas la petite colombe, c'est le soleil du matin qui brille là-haut, sur la cheminée. »

Mais en réalité, Hansel jette petit à petit toutes les miettes de pain sur le chemin.

La femme conduit les enfants au fin fond de la forêt, ils ne sont jamais allés aussi loin de toute leur vie. Et là, ils font à nouveau un grand feu et la mère dit : « Asseyez-vous, les enfants, restez là, et si jamais vous êtes fatigués, vous pouvez dormir un peu. Nous, on va couper du bois dans la forêt et ce soir, dès qu'on a fini, on repasse vous chercher. »

À midi, Gretel partage son bout de pain avec Hansel, qui a jeté le sien tout le long du chemin.

Puis ils s'endorment et le soir tombe mais personne ne vient voir les pauvres enfants.

Quand ils se réveillent, c'est la nuit noire mais Hansel console sa petite sœur en lui disant : « Attends juste un peu la lune, Gretel, on verra les miettes de pain que j'ai jetées, elles nous montreront le chemin jusqu'à la maison. »

Et quand la lune est levée, ils se mettent en route, mais ils ne trouvent pas la moindre miette.

Les oiseaux, qui survolent par milliers bois et champs, les ont déjà toutes becquetées.

Hansel dit alors à Gretel : « On va bien retrouver le chemin ! »

Mais non, ils ne retrouvent rien de rien.

Ils marchent la nuit entière et le lendemain encore, du matin jusqu'au soir, mais ils n'arrivent pas à sortir de la forêt, et ils meurent de faim car ils n'ont rien à manger, sauf deux ou trois baies par terre.

Et ils sont si fatigués qu'ils ne tiennent plus sur leurs jambes, alors ils se couchent au pied d'un arbre et ils s'endorment.

Et maintenant, ça fait déjà trois jours qu'ils ont quitté la maison de leur père.

Ils se remettent en route mais il s'enfoncent toujours plus loin dans la forêt et, si personne ne vient les aider, ils vont bientôt mourir d'épuisement.

À midi, ils remarquent un joli petit oiseau, posé sur une branche.

Il est blanc comme neige, et il chante tellement bien qu'ils s'arrêtent pour l'écouter.

Et maintenant qu'il a fini de chanter, il déploie ses ailes et il volette devant eux, alors ils le suivent et ils arrivent au pied d'une maisonnette, et l'oiseau se pose sur le toit et, en s'approchant, ils découvrent que la maisonnette est en pain et le toit en gâteaux. Quant aux fenêtres, elles sont en sucre blond.

« À l'attaque ! dit Hansel. Quel sacré repas on va faire ! Moi, je vais manger un bout du toit. Gretel, toi, t'as qu'à manger une fenêtre ! Elles sont toutes sucrées ! »

Hansel lève le bras, décroche un petit bout du toit pour le goûter, et Gretel commence à grignoter les vitres.

Et alors, une voix aigrelette s'échappe d'une des chambres de la maison :

« Grignoti grignota, p'tite dînette !
Qui grignote ma maisonnette ? »

À quoi les enfants répondent :

« C'est le vent dans le ciel
C'est l'enfant du ciel »

Et ils continuent à manger sans se laisser impressionner.

Hansel, qui trouve le toit particulièrement bon, s'en arrache un gros morceau, et Gretel décroche une belle lucarne toute ronde, et elle se régale, assise par terre.

Mais tout à coup la porte s'ouvre et un homme, vieux comme les pierres, appuyé sur une canne, fait son apparition.

Hansel et Gretel ont tellement peur qu'ils lâchent tout ce qu'ils ont dans les mains.

Mais le vieillard hoche de la tête et dit : « Eh ben, les enfants chéris, c'est qui qui vous a amenés jusqu'ici ? Mais entrez, vous pouvez rester chez moi, il ne vous arrivera rien de mal. »

Il prend les deux enfants par la main et les emmène dans sa maisonnette.

Et là, un bon repas leur est servi, du lait avec des crêpes, du sucre, des pommes et des noix. Puis deux jolis petits lits les attendent, bien bordés tout blancs, et Hansel et Gretel s'y allongent en croyant être au paradis.

Mais le vieillard a fait semblant d'être aimable.

En réalité, c'est un méchant sorcier à l'affût des enfants. Il a fabriqué une maisonnette en pain juste pour les appâter.

Et quand il arrive à en choper un, il le tue, il le cuit et il le mange.

Pour lui, c'est jour de fête.

Les sorciers ont les yeux rouges et ils ne peuvent pas voir bien loin. En revanche, ils ont un très bon flair, comme les animaux, et ils peuvent *sentir* les humains.

C'est pourquoi il s'était mis à ricaner comme une teigne, quand Hansel et Gretel étaient arrivés près de chez lui : « Ceux-là, c'est pour bibi ! Ils ne pourront pas m'échapper ! »

Et donc le lendemain matin très tôt, il se lève pour aller observer les enfants qui dorment encore, et ils sont tellement mignons, avec leurs bonnes joues bien rouges, qu'il murmure entre ses dents : « Hummm, mais qu'est-ce que je vais me régaler ! »

Et là, il attrape Hansel, de ses mains décharnées, il l'emmène dans une petite étable, et il l'enferme derrière une grille.

Et Hansel a beau pleurer à tire-larigot, rien n'y fait.

Puis le vieillard va voir Gretel, il la secoue pour la réveiller, et il lui hurle : « Debout, espèce de paresseuse, va chercher de l'eau et cuisine quelque chose de bon pour ton frère ! Il est dehors, dans l'étable, il faut l'engraisser. J'attends qu'il soit bien gras pour le manger. »

Gretel commence à pleurer à chaudes larmes. Mais ça ne mène à rien, elle est obligée d'obéir à l'horrible sorcier.

Et maintenant, on cuisine pour le pauvre Hansel les plats les plus raffinés qui soient et Gretel, elle, n'a droit qu'aux épluchures et aux queues de cerises.

Tous les matins, le vieillard se glisse dans la petite étable et hurle : « Hansel, montre-moi ton doigt, que je voie si t'es devenu bien gras.

Mais Hansel tend un petit os à la place et, comme le vieillard a de très mauvais yeux, il n'y voit que du feu et il croit que c'est le doigt d'Hansel, et il se demande vraiment pourquoi il n'engraisse pas plus vite.

Au bout de quatre semaines, comme Hansel est toujours aussi maigrichon, soudain il perd toute patience, refuse d'attendre plus longtemps et crie à la petite fille : « Dis donc, Gretel, apporte de l'eau et plus vite que ça !

Qu'il soit gras ou maigre, cet Hansel, ça m'est égal, demain, je l'abats, et je le fais cuire. »

Oh, comme elle se lamente, la pauvre petite sœur, tout en apportant l'eau, et comme les larmes dégoulinent le long de ses joues : « Oh mon Dieu, viens nous porter secours ! »

Et puis elle s'écrie aussi : « Si seulement les bêtes sauvages nous avaient dévorés dans la forêt… Au moins on serait morts tous les deux ensemble !

– Arrête de brailler, dit le vieillard, ça change rien à rien. »

Le lendemain matin à l'aube, Gretel doit sortir pour allumer le feu et elle doit aussi suspendre par-dessus une marmite remplie d'eau.

« On va d'abord faire du pain, dit le vieillard, j'ai pétri la pâte et j'ai mis le four à chauffer. »

Il pousse la pauvre Gretel jusqu'au four où les flammes crépitent déjà.

« Allez, rampe là-dedans, dit le sorcier, et va voir si c'est assez chaud, pour y mettre le pain. »

Son plan est de refermer le four une fois que Gretel est à l'intérieur, pour la faire rôtir elle aussi, car il veut la liquider aujourd'hui même.

Mais Gretel a compris ce qu'il a derrière la tête et lui dit : « Mais je ne sais pas comment faire, moi ? Comment je fais pour rentrer là-dedans ?

– T'es vraiment bête comme une oie ! lui dit le vieillard, l'ouverture est bien assez grande, regarde, même moi, j'y arrive ! »

Et il se met à quatre pattes pour mettre la tête dans le four.

Et là, Gretel le pousse et elle l'enfonce bien à l'intérieur et elle referme la porte en fonte et elle verrouille le loquet.

Et hop !

Et alors le sorcier commence à hurler à pleins poumons, c'est atroce.

Mais Gretel prend la fuite, et le sorcier sacrilège est condamné à brûler misérablement.

Gretel court retrouver Hansel, elle ouvre la petite étable et elle s'écrie : « Hansel, nous sommes délivrés, le vieux sorcier est mort ! »

Alors Hansel bondit au-dehors, comme un oiseau s'envole de sa cage soudain grande ouverte.

Et qu'est-ce qu'ils se réjouissent !

Ils se prennent dans les bras l'un de l'autre, ils dansent de joie et ils se couvrent de baisers.

Et comme ils n'ont plus rien à craindre, ils rentrent à l'intérieur de la maison du sorcier.

Et là, dans tous les coins, ils trouvent des coffres remplis de perles et de pierres précieuses.

« C'est dix fois mieux que les petits cailloux », dit Hansel, et il en fourre plein ses poches.

Et Gretel dit : « Moi aussi, je veux ramener quelque chose à la maison ». Et elle aussi, elle remplit son tablier.

« Mais maintenant, il faut y aller, dit Hansel, il faut sortir de cette forêt ensorcelée. »

Après avoir marché pendant des heures, ils arrivent près d'un grand cours d'eau.

« On ne peut pas le traverser, dit Hansel, y a ni pont ni passerelle.

– Y a pas de barque non plus, répond Gretel, mais là, regarde, il y a une cane toute blanche. Si je lui demande, elle va peut-être nous aider à traverser ? »

Alors elle crie :

« Petite cane, mignonnette !
C'est Hansel et Gretel
Y a ni pont ni passerelle
Tu nous prends sous ta coll'rette ? »

Alors la petite cane se rapproche et Hansel s'assied dessus et invite sa petite sœur à faire pareil.

« Mais non, répond Gretel, ça va être trop lourd pour la petite cane, il faut qu'elle nous prenne l'un après l'autre. »

Et c'est ce que fait la bonne bête, et ainsi ils arrivent de l'autre côté, et ils marchent un moment, et ils commencent de plus en plus à reconnaître la forêt, et pour finir ils découvrent au loin la maison de leur père. Alors ils se mettent à courir, ils déboulent dans la cuisine et ils se jettent dans les bras du père.

L'homme avait perdu toute joie de vivre depuis qu'il avait abandonné les enfants dans la forêt. Quant à la femme, elle est morte.

Gretel vide son tablier, les perles et les pierres précieuses ricochent dans la chambre, et Hansel déballe le contenu de ses poches à pleines mains.

Ainsi tous les soucis finissent par se régler et maintenant, ils vivent tous les trois dans la félicité.

Mon conte est désormais fini.
Mais là-bas court une petite souris.
Celui qui arrive à l'attraper
S'en fera un beau bonnet fourré.

★

Hänsel und Gretel. Hansel et Gretel. *Ici, je n'ai pas changé Hansel en Gretel et inversement car, même si Gretel passe son temps à pleurer, c'est quand même elle qui sauve son frère. J'aurais pu faire de la cane un canard mais j'ai préféré transformer la sorcière en sorcier.*

La vieille grand-mère et la petite-fille

Il était une fois une femme vieille comme les pierres, sa vue était trouble, elle était sourde et elle tremblait des genoux.

Et maintenant à table, elle arrive à peine à tenir sa cuillère, elle renverse la soupe partout sur la nappe et parfois, même, ça lui dégouline le long des joues.

Son fils et sa femme trouvent ça tellement répugnant qu'ils obligent la vieille grand-mère à se mettre dans un coin, derrière le fourneau, et ils lui donnent à manger dans une écuelle en terre cuite, et encore à peine, le moins possible.

La vieille grand-mère regarde vers la table, désolée, et ses yeux sont tout mouillés de larmes.

Et voilà qu'un jour ses mains tremblantes n'arrivent même plus à tenir l'écuelle, alors elle tombe par terre et elle se casse.

La jeune femme se met très en colère, mais la grand-mère ne dit rien, elle ne fait que soupirer.

Et puis on lui achète une écuelle en bois, pour quelques sous, et maintenant elle doit manger là-dedans.

Et donc elle est assise là, comme ça, et un jour sa petite-fille de quatre ans ramasse des bouts de bois qui traînent par terre.

« Mais qu'est-ce que tu fais ? lui demande le père.

– Je fabrique une petite auge pour mon papa et ma maman, répond l'enfant, c'est là que vous devrez manger, quand je serai devenue grande. »

Alors l'homme et la femme se regardent un long moment et puis ils fondent en larmes, et ils invitent aussitôt la vieille grand-mère à les rejoindre à table, et depuis lors ils la laissent manger avec eux, et ils ne disent plus rien quand elle en renverse un peu sur la nappe.

★

Der alte Großvater und der Enkel. *Donc* Le vieux grand-père et le petit-fils.

Raiponce

Il était une fois un homme et une femme qui voulaient depuis très longtemps avoir un enfant, mais sans succès.

Un jour, finalement, la femme découvre que le bon Dieu a exaucé son souhait le plus cher.

Ces gens ont à l'arrière de leur maison une petite fenêtre, d'où l'on peut voir un jardin somptueux, rempli d'herbes aromatiques et de fleurs magnifiques.

Mais il est entouré d'un mur très haut que nul n'ose l'escalader, car le jardin appartient à un magicien très puissant, redouté dans le monde entier.

Un jour, la femme est à la fenêtre et elle regarde le jardin en contrebas et alors elle remarque un carré où poussent les plus belles raiponces qui soient, et elles ont l'air tellement fraîches et tellement vertes qu'elles en deviennent presque troublantes, elles provoquent un désir instantané et viscéral de manger des raiponces.

Et ce désir dévore la femme chaque jour, et comme elle sait bien qu'elle ne peut pas l'assouvir, elle va de mal en pis et elle est pâle et pitoyable.

Alors l'homme prend peur et lui demande : « Mais qu'est-ce qui te manque, ma chérie ?

– Ah, là là, si je n'arrive pas à manger les raiponces du jardin d'à côté, je vais en mourir. »

L'homme, qui aime beaucoup sa femme, se dit : Plutôt que de la laisser mourir, va donc lui chercher des raiponces, quoi qu'il t'en coûte.

Au crépuscule donc, il escalade le mur qui enclôt le jardin du magicien, il cueille à la hâte une poignée de raiponces et les rapporte à sa femme.

Elle s'en fait aussitôt une salade et se jette dessus, tout excitée.

Mais elle trouve ça tellement, tellement, tellement bon que le lendemain elle en a trois fois plus envie.

Alors pour la calmer, l'homme est obligé de descendre au jardin une nouvelle fois.

Ce qu'il fait donc, au crépuscule, mais à peine a-t-il escaladé le mur qu'il est pris de terreur en découvrant le magicien planté devant lui.

« Comment oses-tu descendre dans mon jardin, et chaparder mes raiponces comme un voleur? lui dit-il, le regard noir. Tu vas me le payer cher.

– Ah, faites preuve d'indulgence, je ne m'y suis résolu que par nécessité : ma femme a remarqué vos raiponces depuis notre fenêtre et elle en avait tellement envie qu'elle en serait morte si elle n'en avait pas mangé. »

Alors le magicien se radoucit et lui dit : « Soit, puisqu'il en est ainsi, je t'autorise à prendre toutes les raiponces que tu veux, mais à une seule condition. Tu devras me donner l'enfant que ta femme va mettre au monde. Il ne lui arrivera rien de mal et je m'occuperai de lui comme si j'étais son père. »

Pris de panique, l'homme dit : « Oui. »

Et quand la femme arrive à terme, le magicien surgit, il donne à l'enfant le nom de Raiponce et il l'emporte avec lui.

Raiponce devient la plus belle enfant du monde.

Quand elle atteint l'âge de douze ans, le magicien l'enferme dans une tour qui se dresse, sans porte ni escalier, au milieu d'une forêt. Elle n'a qu'une minuscule fenêtre, tout en haut.

Quand le magicien veut pénétrer dans la tour, il se met à l'aplomb du mur et il hurle : « Raiponce, Raiponce, descends tes cheveux ! »

Raiponce a de longs cheveux magnifiques, aussi fins que des fils d'or.

Chaque fois qu'elle entend la voix du magicien, elle défait sa coiffure, elle suspend le haut de sa natte à un crochet de la fenêtre, et ensuite les cheveux dégringolent vingt aunes plus bas et le magicien s'y accroche pour monter jusqu'en haut.

Quelques années plus tard, il se trouve qu'un fils de roi, en traversant la forêt à cheval, passe devant la tour.

Et là, il entend un chant qui est si mélodieux qu'il s'arrête aussitôt pour l'écouter.

C'est Raiponce, qui s'amuse à faire vibrer sa voix pour tromper sa solitude et faire passer le temps.

Le fils de roi cherche la porte de la tour pour monter la voir, mais il n'y en a pas du tout.

Alors il s'en retourne à cheval, mais ce chant lui est tellement rentré dans le cœur que chaque jour il revient dans la forêt pour l'écouter encore et encore.

Et une fois qu'il est caché derrière un arbre, il voit apparaître le magicien et il l'entend hurler : « Raiponce, Raiponce, descends tes cheveux ! »

Raiponce laisse tomber ses nattes et le magicien s'y accroche pour monter jusqu'en haut.

« Ce serait pas l'échelle pour monter jusqu'en haut ? Moi aussi, je vais tenter le coup ! »

Et le lendemain, dès qu'il commence à faire noir, il va au pied de la tour et il hurle : « Raiponce, Raiponce, descends tes cheveux ! »

Les cheveux dégringolent alors prestement et le fils de roi monte jusqu'en haut.

Au début, Raiponce est terrorisée car elle n'a jamais vu de jeune homme de toute sa vie, mais le fils de roi se met à lui parler très aimablement, il lui raconte que son chant l'a complètement chaviré, que son cœur ne lui laisse plus de répit, et qu'il devait absolument la rencontrer.

Alors Raiponce cesse d'avoir peur et, quand il lui demande si elle veut bien le prendre pour époux, en voyant comme il est jeune et beau, elle se dit : Celui-là m'aimera mieux que le vieux parrain.

Et alors elle dit oui, et elle dépose sa main dans la sienne.

« Je voudrais bien partir avec toi, dit-elle, mais je ne sais pas comment sortir de là. Chaque fois que tu viendras, tu m'apporteras un écheveau de soie, je m'en servirai pour fabriquer une échelle et, quand elle sera finie, je la descendrai jusqu'en bas et tu m'emmèneras sur ton cheval. »

Et maintenant, c'est comme un rendez-vous, et chaque soir il vient la voir, car le jour il y a le vieux magicien-parrain. Qui, lui, ne se doute de rien, jusqu'au jour où Raiponce lui dit : « Mais dites donc, monsieur le parrain, comment se fait-il que vous soyez si lourd à porter alors que le fils de roi monte me voir en un clin d'œil ?

– Ah, maudite ! s'écrie le magicien. Qu'est-ce que tu me dis là ! Je pensais t'avoir coupée du monde entier mais tu m'as berné ! »

Ivre de colère, il s'empare des cheveux magnifiques de Raiponce, il les enroule plusieurs fois autour de sa main gauche, il attrape une paire de ciseaux de sa main droite, et *cric*, et *crac*, et *cric*, et *crac*, il coupe dans le tas et les belles tresses tombent par terre.

Et il est tellement impitoyable qu'il condamne la pauvre Raiponce à vivre dans le désert, dans la plus grande misère et le plus grand chagrin.

Et le jour où il chasse Raiponce, le soir du même jour, le magicien fixe les tresses coupées au crochet de la fenêtre, et quand le fils de roi arrive et hurle : « Raiponce, Raiponce, descends tes cheveux! »

Il laisse tomber les cheveux jusqu'à terre.

Le fils de roi monte jusqu'en haut mais là, il ne trouve pas sa Raiponce chérie mais le magicien, qui le fixe, venimeux, l'œil mauvais, en glapissant : « Ah, ah, tu venais chercher madame Amour? Mais c'est fini, le bel oiseau s'est envolé du nid et tu ne l'entendras plus jamais chanter, le chat l'a attrapé et en plus il va te lacérer les yeux. Raiponce, c'est fini, tu ne la verras jamais plus de ta vie! »

Le fils de roi, anéanti de douleur, fou de désespoir, se jette du haut de la tour.

Il s'en tire la vie sauve mais il tombe dans un buisson d'épines qui lui crèvent les yeux.

Alors il erre, aveugle, aux alentours de la forêt, et il ne mange que des baies et des racines, et il ne fait que pleurer la perte de sa bien-aimée et se lamenter sur son triste sort.

Et c'est ainsi qu'il marche plusieurs années dans la plus grande misère, et pour finir il se retrouve dans le désert où Raiponce vit pauvrement avec les deux jumeaux qu'elle a mis au monde, un garçon et une fille.

Il entend une voix et elle lui rappelle quelque chose de connu : alors il marche dans cette direction et, quand il arrive, Raiponce le reconnaît et elle se jette dans ses bras et elle se met à pleurer.

Et deux de ces larmes touchent les yeux du fils de roi, alors ils deviennent plus clairs et il peut voir à nouveau comme avant.

Il l'emmène dans son royaume, où ils sont accueillis en liesse et ils vivent encore très longtemps, dans la joie et dans le bonheur.

★

Rapunzel. Raiponce. *Ici, comme il était difficile de faire de Raiponce un garçon, à cause des jumeaux qu'on lui découvre à la fin de l'histoire, j'ai changé l'archi-magicienne en archi-magicien et abracadabra ! Mais aussitôt se lève un doute sur la paternité des jumeaux et se dessine en filigrane une version plus sexuelle de la séquestration de Raiponce, dans cette tour-prison où le magicien vient la trouver tous les soirs. Mais quel était exactement le comportement de la magicienne à son égard ? On s'en étonne moins, on ne s'en choque presque pas, ce qui est assez curieux tout de même.*

P’tite Pousse

C’était un pauvre paysan qui s’asseyait tous les soirs au coin du feu, et il remuait les braises, et sa femme était assise elle aussi et elle filait.

Et il disait : « C’est trop triste de ne pas avoir d’enfant. C’est si calme chez nous alors que chez les autres, c’est si vivant et si joyeux !

– Oui, soupirait la femme, et même si on n’en avait qu’un seul, et même s’il était tout petit, pas plus gros qu’un pouce, je serais tellement heureuse. On l’aimerait de tout notre cœur. »

Mais voilà que la femme tombe malade, et sept mois après, elle met au monde une enfant, qui a tous les membres bien en place mais qui n’est pas plus grosse que son pouce.

Alors ils se disent : « Elle est comme nous l'avons voulue et ce sera notre enfant chérie. »

Et s'inspirant de son apparence, ils l'appellent P'tite Pousse.

L'enfant est bien nourrie mais elle ne grandit pas et elle reste comme à la première heure. Pourtant ses yeux brillent d'intelligence, et il s'avère bientôt que c'est une petite créature alerte et avisée qui réussit tout ce qu'elle entreprend.

Un jour, le paysan s'apprête à partir dans la forêt pour couper du bois et il grommelle entre ses dents : « Ah, si seulement j'avais quelqu'un pour me conduire la charrette jusque là-bas !

– Oh, papa, s'écrie P'tite Pousse, moi je vais te la conduire, la charrette, fais-moi confiance, elle sera dans la forêt à l'heure dite. »

Alors l'homme éclate de rire et lui dit : « Mais n'importe quoi, tu es tellement petite que tu n'arrives même pas à attraper les rênes du cheval.

– Et alors, papa ? Si la mère veut bien atteler la charrette, je vais m'asseoir dans l'oreille du cheval et je vais le guider.

– Soit, répond le père, va pour essayer ! »

Et quand l'heure arrive, la mère attelle la charrette et pose P'tite Pousse dans l'oreille du cheval.

Et alors, la petite se met à diriger le cheval, à tue-tête : « Hue ! Dia ! Hue ! Dia ! »

Et il avance très bien, comme conduit par un vrai maître, et la charrette prend la route jusqu'à la forêt.

Mais voilà qu'au détour d'un virage, alors que la petite crie : « Allez allez ! », deux étrangers passent par là.

« Non mais je rêve, dit le premier, tu as vu comme elle trace, la charrette ? On dirait qu'il y a un cocher qui dirige le cheval et pourtant y a personne.

– Il y a quelque chose qui cloche là-dedans, dit le second, on va suivre la carriole pour voir jusqu'où elle va. »

Mais la charrette s'enfonce loin dans la forêt et puis elle arrive pile à l'endroit convenu, près du tas de bois.

P'tite Pousse aperçoit son père, alors elle lui crie : « Papa, tu vois, je suis là avec la charrette mais maintenant fais-moi descendre. »

Le père bloque le cheval de la main gauche et, de la main droite, il ressort la petite fille de l'oreille. Et elle, elle s'assied sur un brin de paille, pour rigoler.

En apercevant P'tite Pousse, les deux étrangers n'arrivent plus à aligner trois mots tant ils sont ébaubis.

Puis le premier prend l'autre à part, et lui dit : « Dis donc, on pourrait se faire un paquet d'argent en exposant cette petite puce dans la grande ville, il faut qu'on l'achète ! »

Ils s'approchent donc du paysan et lui disent : « Vendez-nous la petite demoiselle, elle sera très bien avec nous.

– Non, répond le père, c'est le trésor de mon cœur, elle n'est pas à vendre, même pour tout l'or du monde. »

Mais P'tite Pousse, entendant la négociation, crapahute dans les plis de l'habit de son père, se juche sur ses épaules et lui chuchote à l'oreille : « Papa, donne-moi donc ! Je rentrerai bien vite ! »

Alors le père la donne aux deux étrangers contre une belle pièce d'argent.

« Où veux-tu t'asseoir ? lui demandent-ils.

– Ah, posez-moi sur le bord de votre chapeau, comme ça, je pourrai me promener de long en large pour voir le paysage, sans risquer de tomber ! »

Ils obéissent à sa volonté, et maintenant que P'tite Pousse a fait ses adieux à son père, ils se mettent en route. Et ils marchent jusqu'à la tombée de la nuit et là, la petite dit : « Faites-moi descendre une seconde, j'ai envie, ça presse.

– Tu n'as qu'à rester là-haut, lui répond l'homme sur la tête duquel elle est assise, quelle importance ? Les oiseaux aussi s'oublient parfois sur ma tête.

– Mais non, répond P'tite Pousse, je sais très bien que ça ne se fait pas, faites-moi descendre et plus vite que ça. »

L'homme retire son chapeau et dépose la petite dans un champ près du chemin, et là elle saute et elle rampe parmi les mottes de terre, ici et puis là, et tout à coup elle se glisse dans un trou de souris qu'elle avait repéré au préalable.

« Au revoir, mes chers messieurs, dit-elle dans un éclat de rire, et bien le bonjour chez vous, mais ce sera sans moi ! »

Alors ils se précipitent et ils trifouillent dans le trou de souris avec un bâton, mais c'est peine perdue, P'tite Pousse se faufile toujours plus loin, et voilà qu'il fait déjà nuit noire, alors ils sont contraints de rentrer chez eux en colère et les poches vides.

Quand P'tite Pousse est sûre et certaine qu'ils sont repartis, elle se faufile pour ressortir de son labyrinthe souterrain.

Mais c'est trop dangereux de marcher dans un champ quand il fait tout noir, se dit-elle, c'est un coup à se casser le cou !

Par chance, elle trouve une coquille d'escargot vide.

Dieu merci, se dit-elle, ici je vais pouvoir passer la nuit en toute sécurité, et elle s'assied à l'intérieur.

Et juste au moment où elle est en train de s'endormir, elle entend deux hommes passer à côté d'elle et l'un dit : « Le pasteur, il a de l'or plein les poches, mais comment s'y prendre pour le détrousser ?

– Moi, je peux vous le dire, leur crie P'tite Pousse en les interrompant.

– Non mais je rêve ? répond l'un des voleurs tout effrayé, t'as pas entendu quelqu'un parler ? »

Et ils restent cois et ils prêtent l'oreille, alors P'tite Pousse dit à nouveau : « Si vous m'emmenez avec vous, je veux bien vous aider !

– Mais où es-tu ?

– Ben, regardez par terre et essayez de trouver d'où vient la voix », répond-elle.

Et là, les voleurs finissent par la trouver et ils la soulèvent dans les airs.

« Dis donc, demi-portion, comment comptes-tu nous aider ? disent-ils.

– Écoutez, répond-elle, je me faufile dans la chambre du pasteur en passant à travers les barreaux, et là je vous passe tout ce que vous voulez.

– Très bien, disent-ils, t'as qu'à nous montrer ! »

Quand ils arrivent au presbytère, P'tite Pousse se faufile donc dans la chambre du pasteur, mais immédiatement, elle se met à crier à pleins poumons : « Qu'est-ce que vous voulez que je vous passe ? Tout ce qu'il y a ici ? »

Les voleurs prennent peur et lui disent : « Mais enfin, parle pas si fort, tu vas réveiller tout le monde ! »

Mais P'tite Pousse fait comme si de rien n'était et elle crie à nouveau : « Mais qu'est-ce que vous voulez que je vous passe ? Vous voulez tout ce qu'il y a ici ? »

Ça réveille la cuisinière, qui dormait dans la chambre du dessus, alors elle se dresse dans son lit et elle tend l'oreille.

Quant aux voleurs, qui s'étaient carapatés dans la panique, ils reprennent courage en se disant : La p'tite môme, elle a juste voulu nous taquiner ! Ils reviennent sur leurs pas, et ils lui chuchotent : « Arrête de faire la maline et passe-nous quelque chose maintenant ! »

Mais P'tite Pousse leur crie à nouveau, le plus fort qu'elle peut : « Mais oui, je vais tout vous passer, vous n'avez qu'à me tendre les mains ! »

La servante, qui était restée sur le qui-vive, entend cette fois tout ce qui se dit, alors elle se lève d'un bond, elle se jette sur la porte, mais là elle trébuche.

Alors les voleurs reprennent la fuite à toute berzingue, comme si une bête féroce était à leurs trousses.

La servante va chercher de quoi s'éclairer, car elle est toujours dans le noir et n'y voit rien.

P'tite Pousse en profite pour déguerpir, incognito, dans la grange.

Si bien que la servante, quand elle fouille la pièce de fond en comble, ne trouve rien ni personne, alors elle retourne dans son lit, en se disant : « J'ai dû rêver les yeux ouverts ! »

Pendant ce temps, P'tite Pousse a escaladé les meules de foin, et elle s'est trouvé un bon coin pour dormir.

Elle compte se reposer là jusqu'au matin et puis rentrer chez ses parents.

Mais elle n'est pas au bout de ses peines et d'autres aventures l'attendent.

Car oui, le monde est un vaste champ de misères et d'afflictions.

La servante se lève à l'aurore pour aller nourrir les bêtes. Son premier geste est donc d'aller dans la grange pour prendre une bonne brassée de foin, mais c'est précisément là qu'est couchée P'tite Pousse, qui dort si profondément qu'elle ne s'aperçoit de rien.

Elle ne se réveille qu'une fois qu'elle est dans la gueule de la vache, qui l'a broutée en même temps que le foin.

« Ah, mon dieu, s'écrie-t-elle, mais qu'est-ce que je fais dans un moulin ? »

Et puis elle comprend où elle se trouve.

Alors elle fait du toboggan pour dégringoler dans l'estomac, en faisant très attention à ne pas être broyée par les dents.

« Ils ont oublié de mettre des fenêtres dans cette chambrette, dit-elle, et le soleil manque. On y voit comme dans un four. »

En plus, ce coin ne lui plaît pas du tout, et le pompon, c'est que le foin arrive en continu au pied de la porte et que la place se fait rare.

Alors, prise de peur, elle s'écrie, aussi fort que possible : « Arrêtez de me donner du foin, mais arrêtez de me donner du foin ! »

La servante, qui est justement en train de traire la vache, entend quelqu'un parler, mais elle ne voit personne, et c'est la même voix de la nuit dernière, alors elle est tellement épouvantée qu'elle tombe de son tabouret et tout le lait se renverse.

Elle court à toutes jambes chez son maître et elle s'écrie : « Miséricorde, monsieur le pasteur, la vache a parlé !

– Mais tu es folle », répond le pasteur mais il va quand même voir par lui-même ce qu'il en est dans l'étable.

Et à peine a-t-il passé la porte que P'tite Pousse s'écrie à nouveau : « Arrêtez de me donner du foin, mais arrêtez de me donner du foin ! »

Alors le pasteur est épouvanté lui aussi. C'est un esprit malin, se dit-il, et il fait tuer la vache.

Et maintenant elle est morte. Et l'estomac dans lequel est tapie P'tite Pousse est jeté dans le fumier.

Elle s'applique à sortir de là tant bien que mal, mais c'est difficile.

Pour finir, elle arrive à se frayer un passage mais, pile au moment où elle va sortir sa tête, un nouveau malheur l'attend.

Un loup affamé déboule dans le coin et engloutit l'estomac d'une seule bouchée.

P'tite Pousse ne perd pas courage. Peut-être que je peux m'arranger avec le loup, se dit-elle.

Alors elle lui crie du fond de sa panse : « Mon cher loup, moi, je connais un coin où tu peux avoir une bonne pâtée.

– Ah, bon, où ça ? répond le loup.

– Là-bas, il y a une maison où tu trouveras des gâteaux, du lard et de la saucisse, à qui mieux mieux, mais il faudra que tu passes par le conduit d'évacuation. »

Et là, elle lui décrit très précisément la maison de son père.

Le loup ne se le fait pas dire deux fois, il se glisse dans le conduit dès la nuit tombée, il avale tout le garde-manger, et il mange à tire-larigot.

Et maintenant il est bien repu, il veut s'en aller, mais il est devenu si gras qu'il ne peut pas repasser par le même chemin.

C'était précisément le plan de P'tite Pousse, qui commence à faire un boucan terrible dans le ventre du loup, et elle se déchaîne et elle crie autant qu'elle peut.

« Mais tais-toi, tu vas réveiller tout le monde, lui dit le loup.

– Eh ben quoi ? lui répond la petite. Tu as bien bâfré. Maintenant, moi aussi, j'ai le droit de m'amuser. »

Et elle recommence à crier de plus belle.

Alors son père et sa mère finissent par se réveiller, ils traversent la chambre et ils regardent à l'intérieur du conduit.

Mais quand ils voient qu'un loup y crèche, ils s'enfuient à toutes jambes, et l'homme s'empare d'une hache et la femme d'une faux.

« Reste derrière moi, lui dit-il quand ils reviennent sur place, je vais lui donner un grand coup, mais s'il est toujours vivant, tu te jettes sur lui et tu lui crèves le ventre. »

Et là, P'tite Pousse reconnaît la voix de son père et elle lui crie : « Cher papa, je suis là, je suis coincée dans le ventre du loup. »

Le père lui répond, ivre de joie : « Dieu soit loué, notre enfant chérie a retrouvé le chemin ! »

Et il demande à sa femme de tenir loin la faux pour ne pas blesser P'tite Pousse.

Sur ce, il prend son élan et il donne au loup un grand coup sur la tête.

Ce dernier s'écroule raide mort.

Et puis ils prennent couteau et ciseaux et ils lui découpent le ventre et ils en sortent la petite.

« Ah, dit le père, tu nous as fait bien du souci !

– Oui papa, j'ai vadrouillé de par le monde mais Dieu soit loué, je peux à nouveau respirer de l'air pur.

– Mais qu'est-ce que tu as fait pendant tout ce temps ?

– Ah, papa, je suis allée dans un trou de souris, dans le ventre d'une vache et dans la panse d'un loup, mais maintenant, je resterai toujours avec vous !

– Et nous, on ne te vendra plus jamais, même pour tout l'or du monde. »

Et là, ils serrent fort leur P'tite Pousse chérie et ils la couvrent de baisers et ils lui donnent à boire et à manger et ils lui font faire un nouvel habit, car le sien n'a pas résisté à son grand voyage.

*

Daumesdick. *Généralement traduit par* Tom Pouce. *Devenu ici P'tite Pousse. Ou P'tite Pouce. Une petite héroïne de manga.*

Les douze frères

Il était une fois un roi et une reine qui vivaient en bonne harmonie et ils avaient douze enfants, mais ce n'étaient que des garçons.

Un jour, le roi dit à sa femme : « Si le treizième enfant que tu vas mettre au monde est une fille, alors il faudra que nos douze garçons meurent. Pour qu'elle ait une belle fortune et qu'elle soit l'unique héritière du royaume. »

Il fait aussi fabriquer douze cercueils, déjà remplis de copeaux de bois, et il y a un petit coussin mortuaire dans chacun d'eux, et il les fait porter dans une chambre close, et puis il donne la clé à la reine et il lui fait jurer de n'en rien dire à personne.

Et maintenant, la mère reste prostrée toute la journée, et elle se lamente tant et tant que son petit dernier, celui qui est toujours collé à elle et qui s'appelle Benjamin, comme dans la Bible, lui dit : « Ma chère maman, mais pourquoi tu es si triste ?

– Mon cher enfant, répond-elle, je n'ai pas le droit de te le dire. »

Mais il insiste tellement qu'elle finit par ouvrir la chambre pour lui montrer les douze boîtes en sapin déjà remplies de copeaux de bois.

Et puis elle lui dit : « Mon Benjamin chéri, c'est ton père qui a fait construire ces cercueils, pour toi et pour tes onze frères. Si je mets au monde une petite fille, vous serez tous tués et, quand vous serez sous terre, vous serez là-dedans. »

Et comme elle parle, elle pleure, alors son fils la console en lui disant : « Ne pleure pas, maman chérie, on va réussir à se débrouiller et on va s'en aller. »

Alors elle lui dit : « Pars avec tes onze frères dans la forêt, et là-bas, qu'il y en ait toujours un, tout en haut de l'arbre le plus haut que vous aurez trouvé. Il faudra qu'il monte la garde, et qu'il surveille la tour du château. Si je mets au monde un petit garçon, j'accrocherai un drapeau blanc et alors vous pourrez rentrer. Si je mets au monde une petite fille, j'accrocherai un drapeau rouge, et alors vous devrez fuir, aussi vite que possible, et que Dieu vous garde ! Et moi, toutes les nuits, je me lèverai pour prier, pour qu'en hiver, vous ayez un bon feu pour vous réchauffer et qu'en été, vous ne soyez pas trop écrasés par la chaleur. »

Et donc, dès qu'elle a béni ses fils, ils s'en vont dehors, dans la forêt.

Et en haut du plus grand chêne, il y en a toujours un qui monte la garde et qui surveille la tour pour tous les autres.

Au bout de onze jours, c'est au tour de Benjamin d'y aller, et là, il voit qu'on hisse un drapeau : mais ce n'est pas le drapeau blanc, c'est le drapeau rouge sang, qui les condamne à mourir.

Quand les frères entendent ça, ils deviennent fous de rage et ils s'écrient : « C'est à cause d'une fille qu'on doit mourir ? On va se venger, on le jure ! Dès qu'on verra une fille, on la videra de son sang ! »

Sur ce, ils s'enfoncent toujours plus loin dans la forêt, et là, au beau milieu, là où il fait très sombre, ils trouvent une toute petite maison ensorcelée, et elle est vide.

Alors ils disent : « C'est là qu'on va vivre. Toi, Benjamin, toi qui es le plus jeune et le plus fragile, tu vas rester là, et tu vas t'occuper de la maison, et nous, pendant ce temps-là, on va aller chercher de quoi manger. »

Alors ils s'en vont dans la forêt et ils tirent des lièvres, des chevreuils, des oiseaux, des petites palombes et tout ce qui se mange, et puis ils rapportent le tout à Benjamin, qui le cuisine pour apaiser leur faim.

Et ils vivent comme ça pendant dix ans, tous ensemble dans la maisonnette, et le temps passe vite.

Mais pendant ce temps, la fille que leur mère, la reine, a mise au monde, a bien grandi et elle a bon cœur et belle allure, et elle a une étoile d'or sur le front.

Un jour, alors qu'elle fait la lessive, elle remarque douze petites chemises d'homme et elle demande à sa mère : « Mais c'est à qui, ces douze petites chemises? Elles sont beaucoup trop petites pour le père! »

Alors la mère lui répond, le cœur lourd : « Ma chérie, c'est à tes douze frères. »

La jeune fille dit : « Ils sont où, mes douze frères? Je n'en ai jamais entendu parler! »

Elle lui répond : « Dieu seul le sait! Ils doivent errer de par le vaste monde. »

Et là, elle prend la jeune fille avec elle et elle ouvre la chambre, et elle lui montre les douze cercueils remplis de copeaux de bois, et les petits coussins mortuaires.

« Ces cercueils étaient prévus pour tes frères mais ils ont pris la fuite, en cachette, juste avant ta naissance. »

Et elle lui raconte toute l'histoire.

Alors la jeune fille lui dit : « Ne pleure pas, maman chérie, je vais partir à la recherche de mes frères. »

Et alors elle emporte les douze petites chemises, et elle part, précisément, dans la grande forêt alentour.

Elle marche un jour entier, et le soir elle arrive devant la maisonnette ensorcelée.

Elle rentre à l'intérieur, et là elle trouve un petit bonhomme qui lui demande : « Tu viens d'où et où tu vas ? »

Et il est ébahi de voir comme elle est belle, et elle porte des habits de reine et en plus, elle a une étoile sur le front.

Alors elle lui répond : « Je suis la fille d'un roi et je suis à la recherche de mes douze frères et je marcherai jusqu'au bout du bleu du ciel pour les retrouver. »

Elle lui montre aussi les douze chemises, celles qui sont à eux.

Alors Benjamin comprend que c'est sa sœur, et il lui dit : « Je m'appelle Benjamin, je suis ton plus jeune frère. »

Et alors là, elle commence à pleurer de joie, et Benjamin aussi, et ils se prennent dans les bras, et ils s'embrassent du fond du cœur.

Et puis, il lui dit : « Ma sœur chérie, mais il y a un problème : c'est qu'on s'était promis que toutes les filles qu'on rencontrerait devaient mourir, vu que c'est à cause d'une fille qu'on a été forcés d'abandonner notre royaume. »

Alors elle dit : « Je veux bien mourir, si c'est pour délivrer mes douze frères.

– Non, répond-il, tu ne vas pas mourir, tu vas te mettre là, derrière la hotte, on va attendre que les onze frères arrivent, et je vais essayer de les convaincre. »

Alors c'est ce qu'elle fait.

Et quand la nuit tombe, les onze reviennent de la chasse, et c'est l'heure du repas.

Alors ils se mettent à table, et ils mangent et puis ils disent : « Alors, quoi de neuf? »

Benjamin répond : « Vous ne savez rien?

– Non », répondent-ils.

Alors il rétorque : « Vous, vous êtes allés dans la forêt et moi, je suis resté ici, et pourtant j'en sais plus que vous!

– Bon alors quoi, raconte! » s'écrient-ils.

Alors il leur répond : « Faites-moi d'abord la promesse que la première fille qu'on verra ne sera pas tuée.

– D'accord, répondent-ils tous en chœur, elle sera graciée, mais maintenant raconte! »

Alors il dit : « Notre sœur est là. »

Et il pousse la hotte, et la fille du roi se lève dans ses habits de reine, avec l'étoile d'or sur le front, et elle est tellement belle, et délicate, et distinguée, qu'ils sont tous très heureux, et ils lui sautent au cou, et ils l'embrassent, et ils l'aiment déjà très fort, du fond du cœur.

Et maintenant, elle reste avec Benjamin à la maison et elle l'aide à faire le travail.

Les onze courent la forêt pour attraper chevreuils, oiseaux et petits ramiers, ils font en sorte qu'il y ait toujours de quoi manger, et la sœur et Benjamin s'occupent ensemble de tout bien préparer. Elle va chercher du bois pour faire la cuisine et des fines herbes pour agrémenter les légumes, et elle met les casseroles sur le feu, et le repas est toujours prêt quand les onze reviennent.

Elle veille aussi à ce que tout soit bien rangé dans la maisonnette, et les petits lits sont toujours impeccablement faits, tout propres et bien tirés, et les frères sont toujours contents, et ils vivent ainsi, en s'entendant à merveille.

Un jour, alors qu'ils viennent de préparer un bon repas, ils se mettent à table, ils mangent, ils boivent et ils sont très joyeux.

Mais il y a douze fleurs de lys, dites également fleurs d'étudiants, qui poussent, dans le jardinet collé à la maisonnette ensorcelée.

Et ce jour-là donc, pour faire plaisir à ses frères, elle cueille les douze fleurs pour en offrir une à chacun après le repas.

Mais à peine a-t-elle cueilli les fleurs que les douze frères se changent en corbeaux et s'envolent par-delà la montagne, et la maisonnette avec le jardin disparaît, elle aussi.

Et maintenant, elle n'est plus qu'une jeune fille pauvre et perdue dans la forêt sauvage et, quand elle se retourne, elle voit une vieille femme, qui lui dit : « Mon enfant, mais qu'est-ce que tu as fait ? Pourquoi n'as-tu pas laissé les douze fleurs blanches là où elles étaient ? C'étaient tes frères, et voilà qu'ils sont transformés en corbeaux pour toujours. »

La jeune fille dit, en larmes : « Mais il n'y a aucun moyen de les délivrer ?

– Il n'existe qu'une seule chose à faire au monde, lui répond la vieille, mais c'est si difficile que tu n'y arriveras jamais. Il faudrait que tu restes absolument muette pendant sept ans, sans parler, ni même rire ; et s'il manque ne serait-ce qu'une heure à ces sept ans, et que tu dis ne serait-ce qu'un seul mot, alors ce sera raté et ce seul mot tuera tes frères. »

La jeune fille se dit, du fond du cœur : Je suis sûre et certaine que je vais réussir à délivrer mes frères.

Et elle s'en va chercher un grand arbre, elle s'installe tout en haut, elle commence à filer, et elle ne dit rien et elle ne rit pas non plus.

Mais il se trouve qu'un roi s'en vient chasser dans la forêt, avec son beau lévrier. Et voilà que celui-ci se rue au pied de l'arbre de la jeune fille, et il saute tout autour et il jappe et il aboie en regardant vers le haut.

Alors le roi arrive, et là il découvre la jeune fille, très belle avec l'étoile d'or au milieu du front, et il est tellement subjugué par sa beauté qu'il lui demande en criant si elle veut bien devenir sa femme.

Elle ne répond rien mais elle lui fait un tout petit signe de la tête.

Alors il grimpe dans l'arbre, il la redescend, il l'installe sur son cheval, et il l'emmène chez lui.

Le mariage est célébré avec faste et magnificence.

Mais la mariée ne parle pas et elle ne rit pas non plus.

Ils vivent très heureux durant quelques années, mais voilà que le père du roi, qui est un homme mauvais, commence à dénigrer la jeune reine et dit au roi : « C'est juste une sale mendiante que tu nous as ramenée. Va savoir ce qu'elle trafique dans ton dos ! Des sacrilèges. Des mauvais coups. Si elle est muette et qu'elle ne sait pas parler, elle pourrait au moins rire ! Quand on ne rit pas, c'est qu'on a mauvaise conscience ! »

D'abord le roi refuse de l'entendre, mais le vieux insiste tellement et l'accuse de tant de vilaines choses que le roi se laisse finalement convaincre et la condamne à mort.

Et maintenant on allume un grand feu dans la cour, pour la faire brûler : et le roi regarde par la fenêtre, des larmes plein les yeux, car il l'aime toujours autant.

Et quand elle est ligotée au bûcher, et que le feu lèche déjà ses habits de flammes rouges, c'est pile le dernier instant des sept années qui s'écoule.

Alors on entend comme un bruissement d'ailes dans les airs et voilà que douze corbeaux arrivent, pour se poser.

Et dès qu'ils touchent terre, ce sont de nouveau ses douze frères.

Elle les a délivrés.

Ils renversent le bûcher, ils éteignent les flammes, ils libèrent leur sœur chérie, et ils se serrent et ils s'embrassent du fond du cœur.

Et maintenant qu'elle peut enfin ouvrir la bouche et qu'elle a le droit de parler, elle raconte au roi pourquoi elle est devenue muette et n'a jamais ri.

En découvrant son innocence, le roi est fou de joie, et ils vivent ainsi, en s'entendant à merveille, jusqu'à leur mort.

Le tribunal condamne l'affreux parâtre à être jeté dans un tonneau rempli d'huile bouillante et de serpents venimeux, et il meurt d'une mort atroce.

★

Die zwölf Brüder. Les douze frères. *Dans ce conte surprenant, où un père est prêt à sacrifier douze garçons au profit d'une seule fille et où une seule fille part à l'aventure dans la vaste forêt profonde, je n'ai pas changé grand-chose, si ce n'est l'affreuse marâtre de la fin transformée en affreux parâtre. Il est d'ailleurs intéressant de constater que, dans le texte original, l'affreuse marâtre est d'abord présentée comme la mère du roi. Et puis soudain, c'est une marâtre. Ce glissement, qu'on retrouve parfois dans certains contes de Grimm (il y a le même dans* Hansel et Gretel, *par exemple), s'explique peut-être par le fait qu'il existe sept versions différentes des* Contes, *les frères les ayant retravaillés tout au long de leur vie. Au fil du temps, le livre a pris un caractère plus éducatif, et ils ont transformé les mauvaises mères en marâtres, pour préserver l'image idéale de la mère biologique et de l'instinct maternel, suivant ainsi l'évolution de l'idéologie de l'époque. Je me suis assurée qu'il ne s'agissait pas ici du vocable désignant la belle-mère, comme si l'histoire était soudain racontée du point de vue de la jeune mariée. Mais, alors qu'en français le mot belle-mère désigne à la fois la marâtre et la belle-doche, il existe en allemand deux termes différents,* Stiefmutter, *pour la marâtre, et* Schwiegermutter, *pour la belle-mère. Ici, il s'agit bien d'une marâtre, et donc d'un parâtre. J'ai gardé le glissement soudain de l'une à l'autre, et donc de l'un à l'autre.*

Barbe-Bleue

Dans une forêt vivait un homme qui avait trois filles et un fils, qui était très beau.

Un jour, un carrosse d'or s'arrête tranquillement devant chez lui. Il est tiré par six chevaux et escorté d'une foule de serviteurs.

Un roi en sort et dit à l'homme : « Je souhaite prendre votre fils pour époux. »

L'homme se réjouit d'une telle opportunité pour son fils et dit aussitôt oui.

Il n'y a d'ailleurs rien à redire à ce prétendant, sauf qu'il a une barbe complètement bleue, qui fait un peu *bizarre* à première vue.

Le jeune garçon lui aussi commence par avoir peur à l'idée de l'épouser, mais face à l'insistance de son père, il finit par accepter.

Pourtant, comme il est encore très angoissé, il va trouver ses trois sœurs, il les prend à part, et leur dit : « Mes chères sœurs, si jamais vous m'entendez crier, où que vous soyez, laissez tout en plan et courez à mon secours. »

Les sœurs promettent de le faire, et puis elles l'embrassent.

« Adieu, petit frère, dès qu'on entend ta voix, on saute sur nos chevaux et on arrive ! »

Sur ce, il rejoint Barbe-Bleue dans son carrosse et s'en va avec lui.

Quand il arrive au château, tout est magnifique et le moindre de ses souhaits, maintenant qu'il est roi, est immédiatement exaucé, et il pourrait être très heureux, si seulement il réussissait à s'habituer à la barbe bleue du roi, mais il est toujours vert de peur dès qu'il la voit.

Après un certain temps, Barbe-Bleue lui dit : « Je dois faire un grand voyage, tiens, voilà toutes les clés du château, tu peux ouvrir toutes les portes et tout examiner, sauf la chambre qui s'ouvre avec cette petite clé en or, celle-là, je te l'interdis. Si jamais tu l'ouvres, ta vie est perdue ! »

Il prend les clés, il jure de lui obéir mais, dès qu'il est parti, il ouvre les portes les unes après les autres et il découvre une telle collection de richesses et de merveilles que c'est comme si Barbe-Bleue les avait rapportées du monde entier.

Et maintenant il ne reste plus que la chambre interdite, et comme la clé est en or, il se dit que, si ça se trouve, le plus précieux y est caché.

La curiosité commence à le dévorer, et il voudrait tellement ne pas connaître le contenu des autres pièces pour savoir ce qu'il y a dans celle-ci.

Pendant un moment, il résiste à la tentation, mais elle devient tellement puissante qu'il attrape la clé et maintenant il fait les cent pas devant la chambre.

Qui le saura, si je l'ouvre, se dit-il en boucle, je veux juste y jeter un œil.

Alors il tourne la clé, et la porte s'ouvre, et un torrent de sang s'échappe de là, et partout autour, sur les murs, il voit des garçons morts, pendus, et certains ne sont plus que des squelettes.

Il a tellement peur qu'il referme immédiatement la porte mais la clé lui échappe des mains et voilà qu'elle tombe dans le sang.

Il la ramasse aussitôt et il essaye d'essuyer le sang, mais c'est peine perdue, dès qu'il arrive à l'essuyer d'un côté, il ressurgit de l'autre.

Alors il reste prostré toute la journée à frotter la clé et il se casse la tête mais rien n'y fait, les taches de sang ne s'effacent pas.

Pour finir, le soir, il pose la clé dans le foin en espérant que le sang y sera absorbé pendant la nuit.

Mais le lendemain, Barbe-Bleue rentre à la maison et la première chose qu'il lui demande : « Les clés ! »

Son cœur bat la chamade, il lui donne le trousseau, en espérant qu'il ne va pas remarquer qu'il manque la clé en or.

Mais Barbe-Bleue les compte les unes après les autres et, maintenant qu'il a fini, il lui dit, droit dans les yeux : « Où est la clé de la chambre secrète ? »

Il devient rouge sang et lui répond : « Elle est en haut, je l'ai déplacée, j'irai la chercher demain.

– Vas-y plutôt tout de suite, cher mari, j'en ai besoin TOUT DE SUITE.

– Ah, mais en fait, je dois te dire, je l'ai perdue dans le foin, il faut d'abord que je la cherche.

– Tu ne l'as pas perdue du tout, dit Barbe-Bleue, hors de lui, tu l'as posée là-bas pour faire disparaître les taches de sang, donc tu n'as pas respecté mes ordres et tu es allé dans cette chambre, mais maintenant tu vas y retourner tout de suite, que tu le veuilles ou non. »

Alors le jeune roi est obligé d'aller récupérer la clé, qui est encore couverte de sang.

« Eh bien, prépare-toi à la mort, tu dois mourir aujourd'hui même », dit Barbe-Bleue.

Il attrape son grand couteau et l'emmène dans le couloir.

« Laisse-moi faire une dernière prière avant de mourir, dit-il.

– Très bien, vas-y, mais dépêche-toi, je n'ai pas que ça à faire. »

Alors il grimpe les marches quatre à quatre et il hurle par la fenêtre, le plus fort qu'il peut : « Sœurs, mes chères sœurs, au secours, venez vite ! »

Les sœurs sont en train de boire du vin nouveau dans la forêt mais la plus jeune dit soudain : « C'est comme si j'avais entendu la voix de notre frère ! Debout ! Il faut courir à son secours ! »

Alors elles sautent sur leurs chevaux et elles galopent plus vite que le vent.

Le frère est tombé à genoux, tétanisé par la peur.

D'en bas, Barbe-Bleue lui crie : « Alors, c'est pas bientôt fini ? »

Et maintenant, il l'entend aiguiser son couteau sur la première marche de l'escalier.

Il regarde au-dehors mais il n'y a rien d'autre qu'un nuage de poussière à l'horizon, comme soulevé par un troupeau en marche.

Alors il hurle encore une fois : « Sœurs, mes chères sœurs, au secours, venez vite ! »

Et sa peur grandit de minute en minute.

Barbe-Bleue lui crie : « Si tu ne descends pas tout de suite, c'est moi qui viens te chercher, j'ai fini d'aiguiser mon couteau ! »

Alors il regarde une nouvelle fois au dehors, et là, il voit ses trois sœurs voler à travers champs, comme des oiseaux dans le ciel, alors il hurle pour la troisième fois, de toutes ses forces, au comble de l'angoisse : « Sœurs, mes chères sœurs, au secours, venez vite ! »

Et la plus jeune est maintenant si près qu'il peut l'entendre parler : « Courage, petit frère chéri, on arrive dans un instant ! »

Mais Barbe-Bleue lui crie : « Maintenant, ça suffit les jérémiades, je ne vais pas attendre plus longtemps. Si tu ne viens pas tout de suite, c'est moi qui monte te chercher !

– Ah ! Laisse-moi faire une dernière prière pour mes trois sœurs chéries. »

Sans l'écouter, Barbe-Bleue grimpe les escaliers et le traîne au-dehors et, pile à l'instant où il l'attrape par les cheveux pour lui planter le couteau dans le cœur, les trois sœurs défoncent la porte du château, s'engouffrent à l'intérieur, arrachent leur frère des mains de Barbe-Bleue, et puis elles sortent leurs sabres et l'embrochent de part en part.

Alors Barbe-Bleue se retrouve pendu dans la chambre ensanglantée en compagnie des jeunes garçons qu'il a lui-même tués, et les sœurs ramènent leur frère chéri à la maison.

Et il hérite de toute la fortune de Barbe-Bleue.

⋆

Blaubart. Barbe-Bleue. *Ici, je n'ai pas transformé Barbe-Bleue en Seins-Bleus ou Chignon-Bleu, et j'ai gardé le monstre d'origine, me rapprochant ainsi de l'origine réelle du conte puisqu'il s'est notamment inspiré de l'histoire sanglante de Gilles de Rais, baron du XV*[e] *siècle et compagnon d'armes de Jeanne d'Arc, pédocriminel et tueur en série, accusé d'avoir séquestré, violé et dépecé dans ses châteaux plus de cent quarante jeunes adolescents et petits garçons. Heureusement, ici, les trois sœurs sont aussi valeureuses que les trois frères d'origine, et alors qu'elles buvaient bien tranquillement du vin nouveau dans la forêt, elles doivent galoper plus vite que le vent pour sauver leur petit frère.*

Petit Béret Rouge

Il était une fois un petit garçon qui était si mignon que tout le monde l'aimait, dès qu'il apparaissait.

Son grand-père, en particulier, aurait tout donné pour lui.

Il lui offre un jour un béret en velours rouge, qui lui va tellement bien qu'il ne veut plus jamais le quitter, du coup, maintenant, tout le monde l'appelle Petit Béret Rouge.

Un jour, sa mère lui dit : « Viens là, Petit Béret Rouge ! Voilà un morceau de gâteau et une bouteille de vin, apporte-les à ton grand-père. Il est faible et malade, ça lui redonnera des forces. Va vite, après il fera trop chaud, et dehors sois bien sage et marche gentiment sur le chemin, ne le quitte surtout pas, sinon tu vas te casser la figure et la bouteille y passera et ton grand-père n'aura plus rien ! Et quand tu seras chez lui, n'oublie pas de lui dire bonjour et ne commence pas à galoper dans tous les coins.

– Je vais tout faire comme il faut », lui répond Petit Béret Rouge, et il lui tape dans la main.

Le grand-père habite dans la forêt, c'est à une demi-heure de marche du village.

Et maintenant Petit Béret Rouge s'enfonce dans la forêt.

Et là, il rencontre un loup. Ou plutôt une louve.

Mais Petit Béret Rouge ignore à quel point c'est un animal dangereux et il n'a pas peur du tout.

« Bonjour Petit Béret Rouge, lui dit-elle.

– Bonjour la louve !

– Où vas-tu si tôt, Petit Béret Rouge ?

– Chez mon grand-père.

– Qu'est-ce que tu caches sous ton tablier ?

– Du vin et une part de gâteau. On l'a fait hier pour mon grand-père, qui est faible et malade, ça va lui faire plaisir et lui redonner des forces.

– Et il habite où, ton grand-père, Petit Béret Rouge ?

– Un peu plus loin dans la forêt, à un quart d'heure de marche, sa maison est sous les trois grands chênes, et juste à côté il y a des noisetiers, mais tu dois connaître ? » lui dit Petit Béret Rouge.

La louve se dit alors : « Cette petite chose bien tendre, c'est un morceau de choix, bien meilleur que le vieux papy. Il faut que j'arrive à les choper, les deux d'un coup ! »

Alors elle fait un bout de chemin à côté de Petit Béret Rouge, et puis elle lui dit : « Petit Béret Rouge, il y a plein de belles fleurs partout mais toi, tu ne les regardes pas. J'ai l'impression que tu n'entends même pas les oiseaux chanter. Tu marches la tête baissée, comme si tu allais à l'école, pourtant, c'est amusant la forêt, tu ne trouves pas ? »

Petit Béret Rouge relève alors la tête et quand il voit les rayons du soleil danser au travers des branches, de-ci, de-là, et des belles fleurs partout, il se dit : Et si j'apportais un beau bouquet de fleurs au grand-père, en plus du reste ? Ça lui ferait drôlement plaisir. Il est encore tôt, j'ai largement le temps.

Et il s'éloigne du chemin pour aller dans la forêt chercher des fleurs.

Et il en cueille une, et il se dit : Mais là, plus loin, il y en a une autre qui est encore plus jolie. Et il court vers elle et il s'enfonce toujours plus profondément dans la forêt.

Et pendant ce temps-là, la louve trace directement jusqu'à la maison du grand-père, et elle toque à la porte.

« Qui est là ?

– C'est Petit Béret Rouge ! J'ai du vin et du gâteau, ouvre-moi !

– Il suffit de baisser la poignée, je suis trop fatigué pour me lever. »

La louve baisse donc la poignée, la porte s'ouvre, elle s'avance sans dire un mot jusqu'au lit du grand-père et elle le dévore.

Et puis elle enfile ses vêtements, elle met son bonnet de nuit, elle se couche dans son lit et elle tire les rideaux.

Et pendant ce temps, Petit Béret Rouge court après les fleurs, et il en ramasse tant et tant qu'il n'arrive même plus à les porter, et soudain il repense à son grand-père et il se met en route pour aller chez lui.

Il est très étonné de trouver la porte grande ouverte et, quand il rentre dans la chambre, il trouve que tout est bizarre autour de lui et il se dit : Oh mon Dieu, pourquoi j'ai si peur aujourd'hui, alors que d'habitude, j'adore être chez mon grand-père.

Il lance : « Bonjour ! »

Mais pas de réponse.

Sur ce, il s'approche du lit et il ouvre les rideaux.

Le grand-père est couché là, et son bonnet de nuit lui cache la moitié du visage et il a l'air vraiment bizarre.

« Eh, grand-père, mais qu'est-ce qu'elles sont grandes, tes oreilles !

– C'est pour mieux t'entendre.

– Eh, grand-père, mais qu'est-ce qu'ils sont grands, tes yeux !

– C'est pour mieux te regarder.

– Eh, grand-père, mais qu'est-ce qu'elles sont grandes, tes mains !

– C'est pour mieux te toucher !

– Mais grand-père, mais qu'est-ce qu'elle est grande et moche, ta gueule !

– C'est pour mieux te manger ! »

Et à peine la louve a-t-elle fini de parler qu'elle se jette hors du lit et qu'elle dévore le pauvre Petit Béret Rouge.

Et maintenant qu'elle est bien repue, elle s'allonge dans le lit, elle s'endort et elle se met à ronfler comme c'est pas possible.

Un chasseur passe justement aux abords de la maison et il se dit : Mais pourquoi il ronfle si fort, le vieillard ? Il faut que j'aille voir si tout va bien.

Alors il entre dans la chambre et, quand il s'approche du lit, il voit la louve, couchée là.

« Ah, te voilà, vieille pécheresse, ça fait un bail que je te cherche ! »

Alors il épaule sa carabine, mais il se dit soudain que, si ça se trouve, la louve a mangé le grand-père et qu'on peut encore le sauver.

Alors il ne tire pas mais il va chercher des ciseaux et il se met à tailler dans le ventre de la louve endormie.

Et après quelques coups de ciseaux, il voit apparaître un petit béret rouge et, encore après quelques coups de ciseaux, le petit garçon bondit au-dehors en s'écriant : « Oh là là, mais qu'est-ce que j'ai eu peur ! C'était tout noir dans le ventre de la louve ! »

Et maintenant, c'est au tour du vieux grand-père de sortir de là, il est encore vivant mais il peut à peine respirer.

Alors Petit Béret Rouge galope chercher de grosses pierres, et ils les fourrent dans le ventre de la louve, résultat, quand elle se réveille, elle essaye de s'enfuir, mais les pierres sont tellement lourdes qu'elle s'écroule, raide morte.

Alors ils sont tous les trois très contents.

Le chasseur dépèce la louve et rentre chez lui avec la fourrure, le grand-père mange le gâteau et boit le vin apportés par Petit Béret Rouge et il reprend des couleurs.

Quant à Petit Béret Rouge, il se dit : T'iras plus jamais te balader tout seul loin du sentier dans la forêt profonde, si c'est interdit par ta mère.

*
* *

On raconte aussi qu'un autre jour, alors que Petit Béret Rouge retourne apporter du gâteau à son grand-père, il croise une autre louve qui lui propose de faire un bout de chemin à ses côtés.

Mais Petit Béret Rouge se méfie et il continue à marcher droit devant, et il dit à son grand-père qu'il a rencontré une louve qui lui a dit bonjour mais qui l'a regardé d'un œil mauvais.

« Si je n'avais pas été sur le chemin, elle m'aurait dévoré tout cru.

– Viens là, lui dit le grand-père, on va fermer la porte à double tour, comme ça elle ne pourra pas rentrer ! »

Mais dans la foulée, la louve toque à la porte et s'écrie : « Ouvre-moi, grand-père, c'est Petit Béret Rouge, je t'apporte du gâteau ! »

Ils se taisent et ils n'ouvrent pas la porte.

Alors la bête grise rôde et tournicote autour de la maison, et pour finir elle saute sur le toit, et elle se dit qu'elle va attendre le soir, que Petit Béret Rouge va rentrer chez lui, qu'elle va le suivre et qu'elle va le dévorer dans l'obscurité.

Mais le grand-père devine ce qu'elle mijote.

Devant la maison, il y a une belle auge en pierre.

Alors il dit à l'enfant : « Prends un seau, Petit Béret Rouge. Hier j'ai fait cuire des saucisses, récupère l'eau de cuisson, et va la verser dans l'auge. »

Petit Béret Rouge fait des allers-retours avec le seau jusqu'à ce que la grande auge soit remplie à ras bord.

Et maintenant la louve flaire l'odeur des saucisses.

Elle renifle et penche la tête vers le bas, et pour finir elle tend tellement le cou qu'elle perd l'équilibre, et voilà qu'elle va tomber.

Et donc elle tombe du toit, et elle atterrit dans la grande auge et là, elle se noie.

Et Petit Béret Rouge rentre tranquillement chez lui.

Et depuis, plus personne ne lui fait aucun mal.

★

Rotkäppchen. *Connu en français sous le nom de* Petit Chaperon Rouge. *Ici, c'est la valse des changements. La petite fille est devenue un petit garçon, le loup, une louve, la grand-mère, un grand-père et même le petit chaperon a suivi le mouvement et s'est transformé en petit béret. Mais je n'ai pas réussi à faire de la curiosité et de l'amour des fleurs des qualités positives plutôt que des vilains défauts qui peuvent conduire jusque dans les entrailles de la mort.*

Jorinde et Joringel

Il était une fois un vieux château au milieu d'une vaste forêt profonde, où vivait une vieille femme, toute seule, c'était une archi-magicienne.

Le jour, elle se faisait chatte ou chouette, mais le soir elle reprenait l'apparence ordinaire d'un être humain.

Elle avait le pouvoir d'attirer le gibier et les oiseaux tout près d'elle, et alors elle les tuait, et elle les faisait cuire et rôtir.

Si quelqu'un s'approchait à moins de cent pas de son château, il était cloué sur place et il ne pouvait plus bouger d'un iota jusqu'à ce qu'elle le délivre.

Mais si c'était un chaste puceau qui pénétrait dans ce fameux cercle, elle le changeait en oiseau et elle l'enfermait dans une cage et cette cage, elle l'entreposait dans une chambre de son château. Elle avait bien sept mille cages de cet acabit, contenant chacune un oiseau rare.

Et maintenant il était une fois un jeune puceau qui s'appelle Joringel. C'est le plus beau garçon qui soit. Et il est promis à une très belle jeune fille, nommée Jorinde.

Ils sont fiancés et ils n'ont qu'un seul désir, rester toujours ensemble.

Et voilà qu'un jour, ils vont se promener dans la forêt, pour pouvoir se parler en toute intimité.

« Méfie-toi, dit Jorinde, ne t'approche pas trop près du château ! »

C'est une belle soirée, le soleil se faufile entre les troncs d'arbres, clair sur le vert profond de la forêt, et la tourterelle chante sa complainte au sommet du vieux hêtre.

Joringel pleure par instants, il s'assied par terre dans le soleil couchant et il gémit.

Jorinde gémit, elle aussi.

Et ils sont bouleversés comme s'ils allaient mourir.

Et ils regardent autour d'eux, et ils sont complètement perdus, et ils ne savent plus comment rentrer à la maison.

La moitié du soleil dépasse encore de la montagne, mais l'autre moitié est déjà tombée derrière.

Jorinde regarde à travers les buissons et là elle voit la vieille muraille du château, tout près d'elle. Alors elle panique et elle est morte de peur.

Joringel chante :

« Mon petit oiseau à l'anneau d'or
Chante là-haut, là-haut, là-haut
Il chante là-haut la mort
La mort du tourtereau, ro, roooo. »

Jorinde regarde Joringel.

Joringel est devenu un rossignol qui chante : « Rooooo, rooooooo. »

Par trois fois, une chouette les survole, elle a des yeux de feu, et par trois fois, elle crie : « Hou hou hou. »

Jorinde ne peut plus bouger d'un iota.

Elle est là, comme une pierre, elle ne peut ni pleurer, ni parler, ni bouger, ni la main ni le pied.

Et voilà que le soleil se couche.

La chouette s'engouffre à l'intérieur d'un buisson, et aussitôt une vieille femme en ressort, jaune et maigre, toute tordue, avec des yeux rouges et un nez crochu, dont la pointe lui descend jusqu'au menton.

Elle grommelle, elle attrape le rossignol et elle l'emporte dans le creux de sa main.

Jorinde ne peut ni parler ni bouger, et voilà que le rossignol n'est plus là.

Pour finir, la femme revient sur ses pas et dit, d'une voix sourde : « Salut à toi, Zachiel, quand la lune sans âge touchera la cage, délivre la petite, Zachiel, très vite et à l'heure dite. »

Alors Jorinde est délivrée.

Elle s'agenouille devant la femme, elle la supplie de lui rendre son Joringel mais celle-ci lui répond : « Jamais, tu ne le reverras plus jamais », et puis elle s'en va.

Jorinde crie, Jorinde pleure, Jorinde gémit, mais tout est vain.

« Ooooh mais qu'est-ce que je vais devenir ? »

Jorinde s'en va et elle finit par arriver dans un village inconnu.

Et là, elle garde des moutons pendant très longtemps.

Elle tourne souvent autour du château, mais elle ne s'en approche pas trop près.

Une nuit, enfin, elle rêve qu'elle trouve une fleur rouge sang, avec une grande perle, très belle, en son milieu. Elle cueille la fleur, elle l'emporte au château. Tout ce qu'elle touche avec la fleur est désensorcelé. Elle rêve aussi que cette fleur lui rend son Joringel.

Dès qu'elle se réveille, le lendemain, elle part à la recherche de cette fleur, par monts et par vaux.

Elle cherche partout et voilà qu'au neuvième jour, à l'aurore, elle trouve la fleur rouge sang. Il y a, en son milieu, une goutte de rosée, aussi grosse que la plus belle des perles.

Elle marche jour et nuit avec cette fleur, jusqu'au château.

Et maintenant qu'elle est à moins de cent pas du château, elle n'est pas clouée sur place, elle marche au contraire vivement jusqu'au portail.

Jorinde est folle de joie.

Elle touche la porte avec la fleur et voilà qu'elle s'ouvre d'un coup.

Elle entre dans le château, elle traverse la cour, elle tend l'oreille, à l'affût des bruits d'oiseaux.

Pour finir, elle les entend chanter.

Elle marche dans cette direction et elle arrive dans une salle où il y a la magicienne, qui est en train de nourrir les oiseaux dans leurs sept mille cages.

Quand elle aperçoit Jorinde, elle devient mauvaise, très mauvaise, elle l'injurie, elle crache bile et venin, mais elle n'arrive pas à l'approcher à plus de deux pas.

Jorinde ne s'occupe pas d'elle et continue à avancer, elle regarde les cages avec les oiseaux.

Mais il y a là des centaines et des centaines de rossignols, comment retrouver son Joringel ?

Et là, elle remarque que la vieille s'est emparée d'une petite cage avec un oiseau et qu'elle est en train de sortir de la pièce en catimini.

Elle la rejoint d'un bond, elle touche la petite cage avec la fleur, et la vieille aussi, et voilà que celle-ci perd tout son pouvoir magique, et maintenant Joringel se tient là devant elle et il se jette à son cou et il est beau, comme autrefois.

Alors dans la foulée, elle libère tous les autres oiseaux qui redeviennent de jeunes puceaux et elle rentre à la maison avec son Joringel, et ils vivent heureux pendant de longues années.

*

Jorinde und Joringel. Jorinde et Joringel. *Quand un* d *se transforme en* g *et qu'un* l *arrive en bout de course, alors soudain les chastes puceaux ont aussi peur que les jeunes vierges dans la vaste forêt profonde.*

De celle qui part
pour apprendre à avoir peur

Un père avait deux filles.

L'aînée était intelligente, raisonnable et très dégourdie.

La plus jeune en revanche était stupide. Elle ne comprenait rien à rien, elle était infichue d'apprendre et, quand on la regardait, on se disait : Mais quel fardeau pour un père d'avoir une fille pareille !

Quand il y avait une chose à faire, c'était toujours l'aînée qui s'en chargeait.

Mais si le père lui demandait de le faire tard le soir ou alors dans la nuit, et s'il fallait passer près d'un cimetière ou de tout autre endroit sinistre, elle lui répondait systématiquement : « Ah, non, papa, j'irai pas, j'ai la frousse. »

Car elle avait peur de tout.

De même, le soir à la veillée, quand on racontait des histoires qui faisaient froid dans le dos, les gens disaient parfois : « Oh là là, j'ai la frousse ! »

La plus jeune, qui restait toujours dans son coin, les écoutait parler mais elle ne parvenait pas à comprendre ce que ça voulait dire. Ils disent toujours : « J'ai la frousse, j'ai la frousse. » Mais moi, je n'ai jamais la frousse. Je ne vois pas du tout à quoi ça correspond.

Un jour, le père lui dit : « Dis donc, toi là-bas, dans le coin, je te parle ! Tu vas devenir grande et forte, il faut que tu apprennes comment gagner ta croûte ! Regarde un peu ta sœur ! Vois comme elle se donne du mal ! Mais avec toi, on ne sait plus quoi faire !

– Eh bien, papa, je ne demande pas mieux que d'apprendre. Oui, si c'était possible, je voudrais bien apprendre à avoir la frousse, parce que je ne vois pas du tout à quoi ça correspond. »

En entendant ces mots, l'aînée pouffe de rire, tout en se disant intérieurement : Mon Dieu, mais quelle abrutie, cette sœur, c'est du jamais-vu ! Si elle n'existait pas, il faudrait l'inventer !

Le père pousse un soupir et lui répond : « La frousse, tu l'apprendras bien vite, mais ta croûte, c'est pas comme ça que tu vas la gagner ! »

Peu après, ils reçoivent la visite du sacristain. Alors le père lui confie son désarroi et lui raconte qu'il ne peut rien tirer de sa fille cadette, qu'elle ne comprend rien à rien et qu'elle est infichue d'apprendre.

« Figurez-vous que, quand je lui ai demandé comment elle comptait gagner sa croûte, elle m'a répondu qu'elle voulait apprendre à avoir la frousse !

– Si ce n'est que ça, répond le sacristain, elle peut l'apprendre chez moi. Si vous voulez bien me la confier, je vais vous la dégrossir un peu. »

Le père ravi se dit : Parfait, ça va me la remettre d'équerre, la petite.

Le sacristain l'emmène donc chez lui et la charge de tirer les cloches.

Après quelques jours, il la réveille sur les coups de minuit, il lui demande de se lever et de monter au clocher pour carillonner.

Comme ça, tu vas apprendre à avoir la frousse ! se dit-il, tout en la précédant subrepticement dans le clocher.

Et donc quand la jeune fille est en haut, alors qu'elle se retourne pour attraper le carillon, elle voit juste en face de l'abat-son une forme blanche qui se détache en haut des marches.

« Qui est là ? » dit-elle.

Mais la forme ne moufte pas. Elle reste parfaitement immobile.

« Réponds ou alors dégage ! dit la jeune fille, tu n'as rien à faire ici, en pleine nuit ! »

Mais le sacristain reste de marbre, pour faire croire à la jeune fille qu'il est un fantôme.

La jeune fille s'écrie pour la deuxième fois : « Qu'est-ce que tu veux ? Parle, si tu es un honnête homme, sinon je te balance dans l'escalier ! »

Mais le sacristain se dit : Elle n'en fera rien. Et il reste en place, figé comme une statue, sans piper mot.

Alors la jeune fille le tance une troisième fois mais, comme c'est peine perdue, elle prend son élan et elle précipite le fantôme dans l'escalier.

Il dégringole dix marches plus bas et puis il reste étendu dans un coin.

Là-dessus, elle va tirer les cloches, elle retourne dans sa chambre, elle se met au lit sans dire un mot et elle s'endort immédiatement.

La femme du sacristain attend son mari pendant des heures mais, comme il ne revient toujours pas, elle finit par prendre peur, alors elle va réveiller la jeune fille et elle lui dit :

« Tu n'aurais pas vu mon mari, par hasard ? Il est monté dans le clocher juste avant toi.

– Non, lui répond la jeune fille, mais il y avait quelqu'un en face de l'abat-son, juste en haut des marches. Comme cette personne ne disait rien et qu'elle ne voulait pas partir non plus, j'ai cru que c'était une canaille et je l'ai dégagée. Pourvu que ce ne soit pas votre mari, allez-y voir, ça me ferait bien de la peine ! »

La femme se précipite et elle trouve son mari étendu dans un coin, en train de gémir, avec une jambe cassée.

Elle le porte jusqu'en bas des marches et puis elle se rue chez le père de la jeune fille, à grands cris : « Votre fille vient de faire une catastrophe, hurle-t-elle, elle a jeté mon mari dans l'escalier, et maintenant il a la jambe cassée. Chassez cette vaurienne de ma maison ! »

Le père, hors de lui, vient les rejoindre et hurle à la jeune fille : « Ça t'amuse de blasphémer ? C'est le diable qui t'a soufflé tout ça ?

– Papa, dit-elle, écoutez-moi, ce n'est pas de ma faute. Il était là, dans la nuit, comme le diable en personne, moi, je ne savais pas qui c'était, je lui ai demandé trois fois de me répondre ou de déguerpir.

– Mais tu es vraiment un oiseau de malheur ! répond le père. Disparais de ma vue, je ne veux plus jamais te revoir !

– Très bien, papa, c'est entendu, attendez seulement que le jour se lève. Je vais partir pour apprendre à avoir la frousse, comme ça je pourrai gagner ma croûte !

– Apprends tout ce que tu veux, dit le père, ça m'est complètement égal. Tiens, voilà cinquante thalers, va-t'en de par le vaste monde, mais ne dis à personne ni d'où tu viens ni qui est ton père, tu me fais trop honte.

– Oui, papa, on fera comme vous dites ! Si vous n'exigez rien de plus, c'est très facile. »

Et au lever du jour, la jeune fille met les cinquante thalers dans sa poche et elle s'engage sur la grand-route, tout en disant en boucle : « Ah, si seulement je pouvais avoir la frousse, si seulement je pouvais avoir la frousse ! »

Et là, elle croise un homme qui l'entend parler toute seule.

Et maintenant qu'ils ont fait un bout de route ensemble, ils peuvent apercevoir une potence à l'horizon, alors l'homme lui dit : « Tu vois là-bas ? Sur l'arbre, il y a sept gars qui se sont mariés avec la fille du cordier, et là, ils essayent d'apprendre à voler. Assieds-toi au pied de l'arbre, attends que la nuit tombe et là, tu vas voir comme tu vas apprendre à avoir la frousse !

– Si ce n'est que ça, répond la jeune fille, c'est très facile. Si j'apprends à avoir la frousse, aussi vite que tu le dis, je te donne mes cinquante thalers. Reviens me voir demain matin ! »

Alors la jeune fille s'approche de la potence, elle s'installe dessous et elle attend que la nuit tombe. Et comme elle est gelée, elle fait du feu.

Mais sur les coups de minuit, le vent devient si froid qu'elle n'arrive pas à se réchauffer, même en restant tout près du feu.

Et maintenant, le vent fait bouger les pendus les uns contre les autres et dans tous les sens, alors elle se dit : Toi qui gèles près du feu, imagine un peu comme ils doivent geler là-haut, ils n'arrêtent pas de grelotter !

Et soudain, prise de pitié, elle grimpe sur une échelle, elle détache les corps les uns après les autres, et elle les descend tous les sept en bas.

Et puis elle attise le feu, elle souffle sur les braises et elle les met tous en rond, autour du feu, pour qu'ils se réchauffent un peu.

Mais ils restent là, parfaitement immobiles, et leurs vêtements commencent à brûler.

Alors elle s'écrie : « Mais enfin, faites donc attention, sinon je vous repends là-haut !

Mais les morts n'entendent rien, ils gardent le silence et ils laissent leurs vieilles guenilles s'embraser.

Alors elle s'énerve tout à fait et elle leur dit : « Si vous ne voulez pas faire plus attention, moi je ne peux pas le faire à votre place, je n'ai pas envie de brûler avec vous ! »

Et elle les repend là-haut, en rang d'oignons, comme avant.

Et puis elle s'assied près du feu et elle s'endort.

Le lendemain matin l'homme arrive, pour récupérer les cinquante thalers, et il lui dit : « Alors, la frousse, ça y est, tu sais ce que c'est maintenant ?

– Ben non, répond-elle, comment veux-tu que je le sache ? Ils n'ont pas moufté là-haut, et ils sont tellement bêtes qu'ils ont laissé brûler les vieilles loques qu'ils avaient sur le dos. »

Alors l'homme comprend qu'il n'aura pas les cinquante thalers, il fait demi-tour tout en se disant : C'est la première fois que je vois une gamine de cet acabit.

Quant à la jeune fille, elle se remet en route et elle recommence à parler toute seule : « Ah, si seulement je pouvais avoir la frousse, si seulement je pouvais avoir la frousse ! »

Mais un charretier, derrière elle, entend tout ce qu'elle dit et lui demande : « Qui es-tu ?

– Je ne sais pas », lui répond la jeune fille.

Le charretier lui demande encore : « D'où tu viens ?

– Je ne sais pas.

– Qui est ton père ?

– Je n'ai pas le droit de le dire.

– Qu'est-ce que tu disais entre tes dents ?

– Je voudrais bien avoir la frousse mais je trouve personne pour me l'apprendre.

– Qu'est-ce que c'est que ces fadaises ! lui répond le charretier. Viens, monte avec moi, je vais voir si je peux te caser quelque part ! »

La jeune fille monte avec le charretier et le soir ils arrivent dans une auberge pour y passer la nuit.

Et tout en passant la porte de la grande salle, elle redit à voix haute : « Ah, si seulement je pouvais avoir la frousse, si seulement je pouvais avoir la frousse ! »

L'aubergiste, en l'entendant parler, éclate de rire et lui dit : « Ici, ce n'est pas les occasions qui manquent, tu vas pouvoir te faire plaisir !

– Mais tais-toi, rétorque la femme de l'aubergiste, on ne les compte plus, les petites curieuses qui en sont mortes ! Ce serait tellement dommage que ces beaux yeux ne puissent plus revoir la lumière du soleil ! »

La jeune fille répond : « Mais même si c'est très difficile, moi je veux apprendre à avoir la frousse, je suis partie exprès pour ça ! »

Et elle tanne tant et si bien l'aubergiste qu'il finit par lui raconter que, dans les parages, il y aurait un château hanté et qu'il suffirait d'y monter la garde pendant trois nuits pour apprendre à avoir la frousse. Le roi donnerait son fils en mariage à qui s'y risquerait, et c'est le plus beau garçon qui soit sous le soleil. Il y aurait aussi, dans le château, des trésors somptueux, confisqués par des esprits maléfiques, et la personne qui les trouverait, aussi pauvre qu'elle soit, deviendrait très riche. On ne les compte plus, les gens qui se seraient aventurés à l'intérieur du château, mais personne n'en est jamais ressorti.

Alors le lendemain, la jeune fille va voir le roi et elle lui dit : « Si vous m'en donnez l'autorisation, je voudrais bien monter la garde pendant trois nuits dans le château hanté. »

Le roi l'observe et, comme elle lui plaît bien, il lui dit : « Tu as le droit d'exiger trois choses que tu pourras prendre avec toi dans le château, mais seulement des choses inanimées. »

Alors elle répond : « Dans ce cas, je vous demande du feu, un banc et un établi avec un couteau de sculpture. »

Le roi lui fait envoyer tout ça le jour même au château.

Et dès la tombée de la nuit, la jeune fille s'y introduit, elle se fait un bon feu dans une chambre, elle pose l'établi et le couteau devant elle, et elle s'assied sur le banc.

« Ah, si seulement je pouvais avoir la frousse, dit-elle, mais c'est sûrement pas ici que je vais réussir à apprendre une chose pareille ! »

Vers minuit, alors qu'elle souffle sur le feu pour l'attiser, tout à coup, comme venu de nulle part, s'échappe un cri.

« Miaou. Miaou. Mais qu'est-ce qu'on se gèle !

– Imbéciles, hurle-t-elle, à quoi ça rime de crier comme ça ? Si vous avez froid, vous n'avez qu'à venir près du feu pour vous réchauffer. »

Mais à peine a-t-elle fini de parler que deux gros chats noirs bondissent brusquement à ses côtés, ils s'installent près d'elle, l'un à gauche, l'autre à droite, et ils la regardent avec férocité, de leurs yeux incandescents.

Et maintenant qu'ils se sont bien réchauffés, ils lui disent : « Camarade, et si on jouait aux cartes ?

– Pourquoi pas, dit-elle, mais d'abord montrez-moi vos pattes ! »

Alors ils sortent leurs griffes.

« Ben dites donc, dit-elle, mais qu'est-ce qu'elles sont longues, vos griffes ! Attendez, il faut d'abord que je vous les coupe. »

Alors elle les attrape par la peau du cou, elle les pose sur l'établi et elle leur bloque les pattes.

« Maintenant que j'ai vu vos pattes, dit-elle, je n'ai plus trop envie de jouer avec vous. »

Alors elle les frappe à mort et puis les jette dehors, dans l'étang.

Et maintenant qu'elle s'est débarrassée d'eux, elle s'apprête à revenir près de son feu, mais surgissent alors des chats noirs et puis des chiens noirs avec des colliers de braise, de partout et de nulle part à la fois, et il y en a tant et tant qu'elle n'a même plus la place de bouger.

Ils poussent des hurlements atroces, ils marchent sur son feu, et puis ils dispersent les braises pour les éteindre.

Elle les regarde faire, sans perdre son calme, mais au bout d'un moment ça dépasse les bornes, alors elle attrape son couteau, et elle hurle : « Allez-vous-en, vermines ! »

Et puis elle tape dans le tas.

Les uns arrivent à s'enfuir, les autres, elle les tue et elle les jette dans l'étang.

Et puis elle revient à sa place, elle souffle sur son feu et elle se réchauffe un peu.

Et maintenant qu'elle est bien, elle a les yeux qui piquent et elle a très envie de dormir.

Alors elle regarde autour d'elle et là, elle voit un grand lit, dans un coin.

C'est pile-poil ce qu'il me faut, se dit-elle, et elle s'allonge dessus.

Mais à l'instant où elle ferme les yeux, le lit se met à bouger tout seul, et voilà qu'il fait tout le tour du château.

« À la bonne heure, dit-elle, au galop ! Encore, encore ! »

Alors le lit s'emballe, comme s'il était tiré par six chevaux, et il dévale paliers et escaliers, de haut en bas : et tout à coup, hop, hop, il se retourne, sens dessus dessous, et c'est comme une montagne qui lui écrase le corps.

Alors elle balance les couvertures et les oreillers au plafond, elle descend du lit et elle dit : « Allez, continuez sans moi et amusez-vous bien ! »

Et puis elle se recouche près de son feu et elle s'endort jusqu'au lever du jour.

Le lendemain matin, le roi vient la voir, et comme il la trouve couchée par terre de tout son long, il se dit que les fantômes l'ont mise en pièces et qu'elle en est morte.

Alors il dit : « Mais quel dommage, c'était une bien belle personne ! »

La jeune fille, en l'entendant parler, se redresse et lui dit : « On n'en est pas encore là ! »

Alors le roi est stupéfait, mais très content, et il lui demande comment elle va.

« Très bien, dit-elle, voilà déjà une nuit de passée, il n'en reste plus que deux ! »

Et quand elle arrive chez l'aubergiste, il la regarde avec des yeux ronds : « Qui l'eût cru, que je te reverrais vivante ! Alors, ça y est ? Tu as appris ce que c'était que la frousse ?

– Ben non, dit-elle, c'est encore raté ! Si seulement quelqu'un pouvait m'éclairer ! »

La deuxième nuit, elle retourne au château, elle s'assied près du feu et elle reprend sa litanie : « Ah, si seulement je pouvais avoir la frousse, si seulement je pouvais avoir la frousse ! »

À l'approche de minuit, elle entend comme un bruit, d'abord à peine, et puis de plus en plus fort, et puis de nouveau c'est le silence, et puis pour finir une moitié d'homme s'écroule dans la cheminée, en poussant des hurlements, et atterrit à ses pieds.

« Ohé ! dit-elle, mais où est passée ton autre moitié, minus ? »

Alors le bruit reprend à tire-larigot, et ça gronde, et ça rugit, et l'autre moitié vient s'écraser dans la cheminée.

« Attends un peu, dit-elle, je vais commencer par te faire un bon feu ! »

Et maintenant qu'elle a fini, elle se retourne, et alors elle voit que les deux morceaux se sont remis ensemble et qu'un homme épouvantable s'est assis à sa place.

« Ben, faut pas se gêner ! dit la jeune fille. C'est mon banc ! »

Le bonhomme essaye de la repousser, mais la jeune fille ne se laisse pas faire, elle le rembarre avec violence, et elle reprend sa place.

Mais d'autres bonshommes s'écroulent dans la cheminée, les uns après les autres, et puis ils vont chercher neuf tibias et deux têtes de mort, ils les posent par terre et ils commencent à jouer aux quilles.

La jeune fille a envie d'essayer elle aussi, alors elle demande : « Dites, je peux jouer avec vous ?

– Oui, si tu as de l'argent.

– J'en ai tant et plus, dit-elle, mais par contre, vos boules ne sont pas très rondes ! »

Alors elle prend les têtes de mort, elle les pose sur l'établi et elle les polit pour leur donner une belle forme bien ronde.

« Bon, comme ça elles rouleront beaucoup mieux ! dit-elle, allez hop, hop et en avant la musique ! »

Elle joue avec eux et elle perd un peu d'argent, mais quand minuit sonne, soudain tout disparaît, il n'y a plus rien sous ses yeux.

Alors elle se couche par terre et elle s'endort paisiblement.

Le lendemain, le roi vient prendre de ses nouvelles : « Alors, qu'est-ce qui t'est arrivé cette fois-ci ?

– J'ai joué aux quilles, répond-elle, et j'ai perdu quelques sous.

– Alors tu n'as pas eu la frousse ?

– Ben non, dit-elle, je me suis juste bien amusée. Ah, si seulement je pouvais enfin découvrir ce que c'est que la frousse ! »

La troisième nuit, elle retourne sur son banc et elle dit, toute dépitée : « Ah, si seulement je pouvais avoir la frousse, si seulement je pouvais avoir la frousse ! »

Mais voilà que plus tard, elle voit arriver six hommes, ils sont très imposants et ils portent une bière mortuaire.

Alors elle dit : « Ah, mais c'est sûrement mon petit cousin, il vient juste de mourir ! »

Elle lui fait un signe de la main et elle lui dit : « Viens par là, petit cousin, viens ! »

Ils déposent le cercueil sur le sol, alors elle y va et elle soulève le couvercle : et là, il y a un mort à l'intérieur. Elle lui touche le visage, il est glacial.

« Attends, dit-elle, je vais te réchauffer un peu ! »

Elle retourne près du feu, elle se réchauffe les mains et puis elle les pose sur le visage du mort, mais il reste de glace.

Alors elle le sort de sa boîte, elle retourne près du feu, elle le prend sur ses genoux et elle lui frotte les bras pour faire circuler le sang.

Mais comme rien n'y fait, elle a une autre idée : « Il n'y a pas mieux que d'être collés à deux dans un lit, pour se réchauffer ! »

Alors elle le met au lit, elle le couvre jusqu'au menton et elle s'allonge à ses côtés.

Et voilà qu'au bout d'un moment le mort se réchauffe et il commence à bouger.

Alors la jeune fille lui dit : « Dis-donc, petit cousin, heureusement que j'étais là pour te réchauffer ! »

Le mort se redresse et se met à hurler : « Et maintenant, je vais t'étrangler !

– Quoi, dit-elle, c'est comme ça que tu me remercies ? Alors je te remets dans ton cercueil. »

Elle l'attrape, elle le jette dedans et elle referme bien le couvercle.

Sur ce, les six hommes reviennent et l'emportent avec eux.

« J'arriverai jamais à avoir la frousse, dit-elle, et c'est sûrement pas ici que je vais réussir à apprendre une chose pareille ! »

Là-dessus, un homme arrive, encore plus grand que tous les autres, il est terrifiant, il est vieux et il a une longue barbe blanche.

« Dis donc, petite canaille, s'écrie-t-il, c'est tout de suite que tu vas apprendre à avoir la frousse, parce que tu vas mourir sur-le-champ !

– Minute papillon, répond la jeune fille, pour me tuer, il faudrait déjà que tu arrives à m'attraper !

– Attends un peu, tu vas voir ! lui dit le monstre.

– Hé ho, tout doux, pour qui tu te prends ? Et d'abord, je suis aussi forte que toi, et même plus forte !

– Ça, c'est ce qu'on va voir ! lui répond le vieillard. Si jamais tu es plus forte, tu pourras partir ! Allez viens, montre-moi ! On va faire un essai. »

Alors, empruntant des couloirs obscurs, il l'emmène jusqu'au foyer d'une forge.

Et là, il s'empare d'une hache et il tape si fort qu'il enfonce l'enclume d'un seul coup dans la terre.

« Moi, je peux faire beaucoup mieux », dit la jeune fille, et elle se dirige vers l'autre enclume.

Le vieillard s'approche d'elle pour la regarder faire, sa barbe blanche pendouille devant lui.

Alors la jeune fille prend la hache, et d'un seul coup elle fend l'enclume en deux, en coinçant dedans la barbe du vieillard.

« Maintenant tu m'appartiens, dit la jeune fille, et c'est toi qui vas mourir sur-le-champ ! »

Et puis, elle prend une barre de fer et elle tabasse le vieillard jusqu'à ce qu'il se mette à gémir, et maintenant il la supplie d'arrêter, et lui propose une belle récompense en échange.

La jeune fille soulève la hache et le libère.

Le vieillard la ramène au château et lui montre, dans un caveau, trois caisses remplies d'or.

« L'une est pour les pauvres, l'autre, pour le roi et la troisième est pour toi. »

Sur ce, minuit sonne et l'esprit s'évapore, si bien que la jeune fille se retrouve toute seule dans le noir.

« Bon maintenant il faut sortir de là », dit-elle.

Elle avance à tâtons, elle finit par retrouver la grande salle, et elle s'endort près de son feu.

Le lendemain matin, le roi vient la voir et lui dit : « Alors ça y est? Tu as appris à avoir la frousse?

– Ben non, dit-elle, c'est quoi? J'ai vu feu mon cousin et puis un homme barbu est arrivé, il m'a montré là, en bas, une jolie somme d'argent mais personne ne m'a dit ce que c'était que la frousse. »

Alors le roi lui dit :

« Tu viens de désensorceler le château, tu peux donc épouser mon fils.

– C'est bien beau tout ça, répond-elle, mais je ne sais toujours pas ce que c'est que la frousse. »

On remonte l'or du caveau et on célèbre le mariage.

Mais la jeune reine, qui aime pourtant d'amour son époux et qui est très heureuse, continue de dire éternellement : « Ah, si seulement je pouvais avoir la frousse, si seulement je pouvais avoir la frousse! »

Alors son époux finit par en être contrarié.

Mais son valet de chambre lui dit : « Laissez-moi vous aider, je vais bien trouver un moyen de lui apprendre à avoir la frousse ! »

Il va jusqu'au ruisseau qui traverse le jardin, et il y pêche un plein seau de goujons.

Et maintenant c'est la nuit, la jeune reine est en train de dormir, et son époux lui retire la couverture et l'asperge avec le seau rempli d'eau froide et de goujons, si bien que les petits poissons frétillent de partout.

Alors la jeune reine se réveille et elle s'écrie : « Ah, mon cher mari, ça y est, j'ai la frousse, j'ai la frousse ! Je sais enfin ce que c'est que d'avoir la frousse ! »

★

Von einem, der auszog, das Fürchten zu lernen. De celui qui partit pour apprendre à avoir peur.

Ici, c'est une fille qui n'a peur de rien, et qui parcourt le vaste monde. J'ai hésité à garder la fille du roi en tant que fille et à la lui donner en mariage, mais finalement j'ai été assez classique, et j'ai transformé la fille du roi en fils de roi. Ce n'est pas que j'aie eu la frousse, mais j'avais déjà marié la chasseresse avec la fille du roi dans le conte Les deux sœurs. *Il faut bien varier les plaisirs.*

Les trois fileuses

C'était une jeune fille paresseuse qui ne voulait jamais filer, et son père avait beau faire et beau dire, il ne pouvait rien en tirer.

Un jour, le père se laisse tellement déborder par l'impatience et la colère qu'il la roue de coups.

Alors la jeune fille se met à pleurer à gros bouillons.

Mais il se trouve que, juste à ce moment-là, la reine passe par là, et elle entend des pleurs, alors elle demande à s'arrêter, elle entre dans la maison et elle demande au père pourquoi il bat sa fille tellement fort que les hurlements descendent jusque dans la rue.

Alors le père, honteux d'avouer la paresse de sa fille, lui dit : « Je n'arrive pas à l'empêcher de filer, elle veut filer, encore et toujours, et moi je suis pauvre et je n'ai pas les moyens de la fournir en lin. »

Alors la reine lui répond : « Rien n'est plus doux à mes oreilles que le son du rouet et rien n'est plus plaisant que le bruissement des roues. Confiez-moi votre fille, j'ai du lin à foison au château, là-bas elle pourra filer tant qu'elle veut. »

Le père se réjouit du fond du cœur de cette belle opportunité pour sa fille et la reine l'emmène donc avec elle.

En arrivant au château, elle la conduit à l'étage, où il y a trois chambres remplies du sol au plafond du meilleur lin qui soit.

« Maintenant, file-moi ce lin, dit-elle, et si tu arrives à en venir à bout, tu pourras épouser mon fils aîné. Que tu sois pauvre m'importe peu, ta patience à toute épreuve est une dot qui me suffit. »

La jeune fille est tétanisée car elle ne sait pas comment filer tant de lin, et même en vivant jusqu'à l'âge de trois cents ans, et même en filant tous les jours du matin jusqu'au soir.

Et maintenant qu'elle est seule, elle éclate en sanglots et elle reste assise, comme ça, trois jours durant, sans remuer le petit doigt.

Le troisième jour, la reine vient la voir et elle est stupéfaite de constater que la jeune fille n'a rien fait, mais celle-ci s'excuse en prétextant qu'elle est si chagrinée d'avoir quitté la maison de son père qu'elle n'a pas eu le courage de s'y mettre.

La reine se laisse convaincre par l'argument, mais elle lui dit pourtant en partant : « Demain, je t'ordonne de te mettre au travail. »

Quand la jeune fille se retrouve toute seule, elle ne sait plus à quel saint se vouer, et elle va se mettre la fenêtre, complètement désespérée.

Et là, elle voit arriver trois femmes.

La première a un pied plat très large.

La deuxième, la lèvre du dessous tellement grande qu'elle lui pendouille jusqu'au bas du menton.

Et la troisième, un pouce complètement aplati.

Et elles sont là devant la fenêtre, à regarder la jeune fille, et puis elles lui demandent ce qui ne va pas.

Elle leur parle de sa triste situation, alors les trois femmes lui proposent de l'aider et lui disent : « Si tu veux bien nous inviter à ton mariage, sans avoir honte de nous et en disant que nous sommes tes cousines, si tu veux bien nous accueillir à ta table, alors on va filer ton lin à toute vitesse et plus vite que ça.

– Du fond du cœur merci, répond-elle, entrez donc et commencez tout de suite à travailler. »

Alors elle fait entrer les trois femmes improbables et elle leur libère dans la première chambre un petit coin où elles peuvent installer leur rouet.

La première tire la fibre et actionne la roue, la deuxième mouille la fibre, la troisième la tord en la tapant sur la table avec son pouce et, à chaque coup qu'elle donne, la fibre tombe par terre, filée archi-fin.

La jeune fille cache les trois fileuses à la reine, bien entendu, et chaque fois qu'elle vient la voir, elle lui montre une telle quantité de lin filé que celle-ci ne tarit pas d'éloges à son sujet.

Quand la première chambre est vide, elles passent à la deuxième, puis c'est déjà la troisième, et la voilà terminée.

Et maintenant, les trois femmes prennent congé de la jeune fille, en lui disant : « N'oublie pas ce que tu nous as promis, ça te portera chance ! »

Quand la jeune fille montre à la reine les chambres vidées et le monceau de lin filé, on organise le mariage et le fiancé se réjouit d'avoir une femme aussi adroite et aussi travailleuse et il passe son temps à chanter ses louanges.

« J'ai trois cousines, dit la jeune fille, et comme elles m'ont fait beaucoup de bien, je ne voudrais pas les oublier dans mon bonheur. Permettez-vous que je les invite à notre mariage et qu'elles prennent place à notre table ? »

La reine et le fiancé répondent :

« Mais pourquoi ne le permettrions-nous pas ? »

Et quand la fête commence, les trois vieilles filles fagotées comme personne apparaissent, et la mariée dit : « Soyez les bienvenues, mes chères cousines !

– Ah, mais comment peux-tu avoir de l'amitié pour des créatures aussi repoussantes ? » dit le fiancé.

Sur ce, il va voir la première femme, au pied plat très large, et il lui demande : « Mais pourquoi avez-vous un pied très large ?

– C'est à force d'actionner la roue, dit-elle, d'actionner la roue. »

Alors il va voir la deuxième et il lui demande : « Mais pourquoi avez-vous une lèvre qui pendouille jusqu'au bas du menton ?

– C'est à force de mouiller la fibre, dit-elle, de mouiller la fibre. »

Alors il demande à la troisième : « Mais pourquoi avez-vous un pouce complètement aplati ?

– C'est à force de tordre la fibre, dit-elle, de tordre la fibre. »

Alors le fils de roi est envahi par la peur et il dit : « Je déclare que ma belle épouse ne devra plus jamais, au grand jamais toucher un rouet. »

Et c'est ainsi qu'elle échappe à l'activité pénible de filer du lin.

★

Die drei Spinnerinnen. Les trois fileuses. *Ici, la mère violente, et menteuse de surcroît, devient le père de la jeune fille paresseuse.*

La gardeuse d'oies

Il était une fois une vieille reine, veuve depuis longtemps, qui avait une fille magnifique. Devenue grande, elle fut promise à un fils de roi d'un pays lointain, par-delà la campagne.

Et maintenant, c'est l'heure où l'enfant doit partir dans le royaume étranger pour se marier, alors la vieille femme lui prépare toutes sortes d'objets précieux et de bijoux, d'or et d'argent, des joyaux et des timbales, bref, tout ce qui fait le trésor d'une fiancée de sang royal, car elle aime son enfant de tout son cœur.

Elle lui donne aussi une suivante qui doit l'accompagner, chargée de remettre la promise entre les mains du promis, et chacune reçoit un cheval, et le cheval de la fille du roi s'appelle Falada, et il sait parler.

Et maintenant, c'est le moment des adieux, alors la vieille mère se retire dans sa chambre, elle prend un petit canif et elle se coupe le doigt jusqu'au sang, et puis elle prend un bout de tissu blanc, elle y fait couler trois gouttes de sang, elle le donne à sa fille et elle lui dit : « Mon enfant chérie, garde ça précieusement, tu en auras besoin pendant ton voyage. »

Les adieux sont déchirants.

La fille du roi cache le bout de tissu dans l'échancrure de son corsage, elle monte sur son cheval, et elle part rejoindre son fiancé.

Mais au bout d'une heure de voyage, elle commence à avoir terriblement soif alors elle demande à sa suivante : « Descends de ton cheval et va me chercher de l'eau dans la rivière, avec la timbale que tu as prise pour moi, j'aimerais bien boire un peu.

– Si vous avez soif, lui répond la suivante, vous n'avez qu'à descendre vous-même vous chercher de l'eau, je ne suis pas votre bonne ! »

Alors la fille du roi, qui meurt de soif, descend de son cheval, elle se penche vers la rivière pour y puiser de l'eau et elle boit, et comme elle doit se passer de sa timbale en or, elle dit : « Mon Dieu ! »

Alors les trois gouttes de sang lui répondent : « Si ta mère apprenait ça, elle aurait le cœur brisé en mille morceaux ! »

Mais la fille du roi est de nature soumise, elle ne dit rien et elle remonte sur son cheval.

Et elles continuent à avancer pendant des lieues, mais il fait très chaud ce jour-là, le soleil tape, et elle a de nouveau très soif.

Alors comme elles passent près d'un cours d'eau, elle demande encore à sa suivante : « Descends de ton cheval et donne-moi à boire dans ma timbale en or. »

Car elle a oublié depuis longtemps toutes les méchantes paroles de la suivante.

Mais celle-ci lui répond d'une voix encore plus arrogante : « Si vous voulez boire, faites-le vous-même, je suis pas votre bonne ! »

Alors la fille du roi, dévorée par la soif, descend de son cheval, se penche vers la rivière, pleure et dit : « Mon Dieu ! »

Et les gouttes de sang lui répondent à nouveau : « Si ta mère apprenait ça, elle aurait le cœur brisé en mille morceaux ! »

Et comme, pour boire, elle doit se pencher très en avant, le bout de tissu avec les trois gouttes tombe de son corsage et file au loin, emporté par le courant, mais elle ne s'en rend même pas compte tant elle a peur.

La suivante, en revanche, le remarque immédiatement et elle jubile du pouvoir que ça lui donne.

Car en perdant les gouttes de sang, la fiancée se retrouve impuissante et désarmée.

Et maintenant qu'elle s'apprête à remonter sur son cheval, celui qui s'appelle Falada, la suivante lui dit : « Falada est à moi. Toi, tu prends cette bourrique ! »

Et là, la jeune fille est bien obligée de le faire.

Puis la suivante lui ordonne, d'une voix cinglante, d'enlever ses habits royaux pour mettre les siens à la place, qui sont vilains, et pour finir elle lui fait jurer par le ciel de n'en rien dire à personne à la cour du roi. Si elle refuse de lui donner sa parole d'honneur, elle la tuera sur-le-champ !

Mais Falada voit tout ce qui se passe, et il en prend acte.

La suivante monte maintenant Falada et la vraie fiancée, le mauvais canasson, et le voyage est bien long, et pour finir elles arrivent au château du roi.

Et là, on les accueille en liesse, et le fils du roi se précipite vers elles, et il fait descendre la suivante de son cheval, en la prenant pour sa fiancée, et elle est conduite en haut des marches, alors que la vraie fille du roi doit rester en bas.

Et là, la mère du fils du roi, qui était restée à la fenêtre, la remarque au milieu de la cour, et elle remarque aussi comme elle est raffinée, délicate et très belle, alors elle se précipite dans les appartements royaux et elle demande à la fiancée de lui dire qui est celle qui l'accompagnait en arrivant, et qui là, maintenant, est dans la cour : « C'est quelqu'un que j'ai pris sur la route pour me tenir compagnie. Donnez du travail à cette bonne, il ne faut pas qu'elle reste plantée là, sans rien faire ! »

Mais la vieille reine n'a aucun travail à lui donner, et ne sachant quoi en faire, elle dit : « J'ai un petit gars qui garde les oies, elle peut toujours l'aider ! »

Le petit gars s'appelle Conrad.

Et voilà que la vraie fiancée doit l'aider à garder les oies.

Peu après, la fausse fiancée dit au jeune roi : « Cher époux, j'ai un petit service à vous demander ! »

Il répond : « Mais bien volontiers.

– Alors faites appeler l'équarrisseur, et vous voyez, le cheval sur lequel j'étais en arrivant, faites-lui couper la tête, il m'a contrariée pendant le voyage. »

En réalité, elle craint que le cheval ne raconte ce qu'elle a fait à la fille du roi, puisqu'il sait parler.

Et tout est allé tellement loin que maintenant c'est trop tard, le fidèle Falada doit mourir.

Mais cette nouvelle arrive aux oreilles de la vraie fille du roi, qui propose alors en catimini une pièce d'or à l'équarrisseur s'il accepte de lui rendre un petit service.

À l'entrée de la ville, il y a un grand portail tout noir sous lequel elle doit passer matin et soir avec les oies.

« Vous pourriez clouer la tête de Falada sous l'arche du portail tout noir ? Comme ça, je pourrai le voir tous les jours en passant. »

Alors l'équarrisseur promet de le faire, il tranche la tête du cheval et il la cloue sous l'arche du portail tout noir.

Et le lendemain matin très tôt, quand elle passe sous le portail avec le petit Conrad, elle dit :

« Ô Falada, toi qui pends là ! »

Alors la tête lui répond :

« Ô fille du roi, toi qui passes avec les oies !
Si ta mère savait ça
Son cœur volerait en éclats ! »

Sur ce, elle sort de la ville, tout en gardant son calme, et elle mène paître les oies.

Et une fois arrivée dans les prés, elle s'assied dans l'herbe, et elle dénoue ses cheveux, et ils sont comme de l'or pur, et le petit Conrad est émerveillé de voir comme ils brillent, et il essaye de lui en arracher quelques-uns.

Alors elle dit :

« Souffle, souffle, ventelet
De Conrad prends le bonnet
Faut qu'il coure après
Le temps qu'j'tresse mes cheveux
Et que j'les arrange au mieux ! »

Et alors là, le vent se lève tellement fort qu'il emporte le bonnet du petit Conrad à travers la campagne, et il est obligé de courir derrière pour le rattraper.

Et quand il revient, elle a fini de se coiffer et d'arranger ses cheveux, et il ne peut plus lui en prendre un seul.

Alors le petit Conrad est très contrarié, et il boude.

Et c'est ainsi qu'ils gardent les oies jusqu'au soir, et puis ils rentrent à la maison.

Le lendemain matin, quand ils passent sous le portail tout noir, la jeune fille dit :

« Ô Falada, toi qui pends là ! »

Falada lui répond :

« Ô fille du roi, toi qui passes avec les oies !
Si ta mère savait ça
Son cœur volerait en éclats ! »

Et une fois arrivée dans les prés, elle s'assied à nouveau dans l'herbe, et elle commence à dénouer ses cheveux, et le petit Conrad arrive en courant pour les attraper, alors elle dit très vite :

« Souffle, souffle, ventelet
De Conrad prends le bonnet
Faut qu'il coure après
Le temps qu'j'tresse mes cheveux
Et que j'les arrange au mieux ! »

Alors le vent souffle et souffle et le bonnet s'envole au loin, et le petit Conrad est obligé de courir derrière pour le rattraper.

Et quand il revient, elle a remis tous ses cheveux en place, et il ne peut plus lui en arracher un seul.

Et c'est ainsi qu'ils gardent les oies jusqu'au soir.

Mais de retour à la maison, plus tard dans la soirée, le petit Conrad va voir la vieille reine et lui dit : « J'ai plus envie d'aller garder les oies avec cette fille.

– Et pourquoi donc ? lui demande la vieille reine.

– Ben, elle fait que m'énerver toute la journée ! »

Alors la vieille reine lui demande de lui raconter ce qui s'est passé.

Alors le petit Conrad dit : « Le matin, quand on passe sous le portail tout noir avec le troupeau, y a une tête de canasson qui est sur le mur, et elle lui dit :

"Ô Falada, toi qui pends là ! "

Et alors la tête lui répond :

"Ô fille du roi, toi qui passes avec les oies !
Si ta mère savait ça
Son cœur volerait en éclats !" »

Et de fil en aiguille, il lui raconte aussi ce qu'il se passe dans les prés, et qu'il est obligé de courir dans le vent pour rattraper son bonnet.

La vieille reine lui ordonne d'y retourner le lendemain.

Et elle-même, dès le matin, va se mettre derrière le portail tout noir et là, elle entend la jeune fille parler avec la tête de Falada.

Et puis elle les suit à travers la campagne et elle se cache derrière un buisson.

Et là, elle peut voir de ses propres yeux la gardeuse d'oies arriver avec le troupeau jusqu'au pré, puis s'asseoir dans l'herbe pour dénouer ses cheveux, scintillant de lumière et d'éclats, et dire à nouveau :

« Souffle, souffle, ventelet
De Conrad cueille le bonnet
Faut qu'il coure après
Le temps qu'j'tresse mes cheveux

Et que j'les arrange au mieux ! »

Et là, c'est une rafale qui emporte le bonnet du petit Conrad très, très loin, et il doit courir derrière pour le rattraper, et pendant ce temps-là, la servante se coiffe et natte ses belles boucles.

La vieille reine observe tout.
Et puis, elle s'en retourne incognito.

Et le soir, quand la gardeuse d'oies rentre à la maison, elle l'appelle en toute discrétion pour lui demander pourquoi elle agit ainsi.

« Je n'ai pas le droit de vous le dire et je n'ai pas le droit non plus de confier mon chagrin à personne, je l'ai juré par le ciel, j'étais obligée, sinon j'en perdais la vie. »

Et la reine a beau la presser de questions, encore et encore, elle n'arrive pas à lui tirer les vers de nez.

Alors elle lui dit : « Puisque tu ne veux pas me parler, va confier ta peine au poêle en fonte, il est là. »

Sur ce, elle s'en va.

Alors la jeune fille rampe à l'intérieur du poêle en fonte, et là elle commence à gémir et à pleurer et puis elle vide son cœur et elle dit : « Je suis assise là, abandonnée du monde entier et pourtant je suis la fille d'un roi et une suivante menteuse et fausse m'a forcée à enlever mes habits royaux et elle m'a remplacée auprès de mon fiancé et moi, je suis obligée d'aller garder les oies et c'est un travail affreux. Si ma mère l'apprenait, son cœur se briserait en mille morceaux. »

Mais la vieille reine se tient de l'autre côté du tuyau de poêle, à l'affût, et elle entend tout.

Alors elle retourne la voir et elle la fait sortir du poêle.

Et maintenant qu'elle se présente dans ses habits royaux, c'est un miracle, comme elle est belle.

La vieille reine appelle son fils pour lui déclarer que sa fiancée n'est pas la bonne : c'est juste une suivante, et la vraie est là, devant lui, c'est celle qui gardait les oies.

Le jeune roi est fou de joie en découvrant et sa beauté et sa vertu, et on organise un grand banquet où l'on invite tous les sujets et tous les bons amis.

Le promis préside le repas, avec la fille du roi d'un côté et la suivante de l'autre, mais celle-ci est tellement aveuglée par le faste de la jeune fille qu'elle ne la reconnait pas tant elle brille sous les bijoux.

Et maintenant qu'ils ont bien bu et bien mangé, ils sont en joie, et la vieille reine pose une petite devinette à la suivante : « Que mériterait une personne qui aurait trompé le maître des lieux de telle et telle façon ? » Et là, elle lui raconte toute l'histoire, et puis elle lui demande : « Quel serait le châtiment le plus juste ? »

Alors la fausse fiancée dit : « Elle ne mérite rien d'autre que d'être jetée toute nue dans un tonneau, tapissé de clous très pointus, et il faudra aussi atteler deux chevaux blancs qui la traîneront de par les rues, et la traîneront encore jusqu'à ce que mort s'ensuive.

– Tu parles de toi, lui dit la vieille reine, tu viens de prononcer ta propre sentence et c'est donc ce qui va t'arriver. »

Et maintenant que le jugement est accompli, le jeune roi se marie avec la vraie fiancée et ils règnent tous les deux sur le royaume dans le bonheur et la félicité.

★

Die Gänsemagd. La gardeuse d'oies. *Ici, je n'ai changé qu'un seul personnage, le vieux roi découvrant la supercherie, qui devient ici une vieille reine clairvoyante et justicière.*

Cendrillon

Une femme riche avait un mari mais il tomba malade et voilà qu'un jour il sent que c'est la fin, alors il appelle sa fille unique à son chevet et il lui dit : « Mon enfant chéri, reste bonne et pieuse, et comme ça le bon Dieu te soutiendra, et moi, je te regarderai du haut du ciel, et je serai toujours avec toi ! »

Là-dessus, il ferme les yeux et il trépasse.

La jeune fille va tous les jours se recueillir sur la tombe de son père et elle pleure et elle reste bonne et pieuse.

Et quand l'hiver arrive, la neige dépose sur la tombe un petit tapis blanc et, quand le soleil du printemps le fait fondre, sa mère épouse un nouvel homme.

L'homme s'installe avec ses deux filles dans la maison, elles sont belles et blanches d'allure mais vilaines et noires de cœur.

Et alors commence une période difficile pour la pauvre belle-fille : « Pourquoi cette bécasse reste avec nous dans le salon ? Qui veut manger du pain doit d'abord le gagner ! Allez dehors, la souillon ! »

Elles lui confisquent ses belles robes, elles lui donnent à la place un vieux tablier tout gris et des sabots : « Regardez voir la petite crâneuse comme elle est fagotée, une vraie princesse ! »

Elles crient, elles rient et la confinent à la cuisine.

Et là, elle doit trimer dur, du matin jusqu'au soir, se lever aux aurores, aller chercher de l'eau, s'occuper du feu, faire la lessive et la cuisine. Et par-dessus le marché, les sœurs lui font toutes les misères possibles pour lui briser le cœur, elles se moquent d'elle en permanence, elles n'arrêtent pas de lui jeter des pois et des lentilles dans la cendre pour qu'elle soit obligée de rester là, à les trier encore.

Et le soir, fourbue par le travail, elle ne va pas se coucher dans un lit mais dans la cendre, près de l'âtre.

Et comme elle est toujours sale et couverte de poussière, elles lui donnent le nom de Cendrillon.

Or voilà qu'un jour la mère décide d'aller à la foire, alors elle demande à ses deux belles-filles ce qu'elle doit leur rapporter.

« Des belles robes, dit la première.

– Des perles et des pierres précieuses, dit la seconde.

– Et toi, Cendrillon, qu'est-ce que tu veux ? dit-elle.

– Maman, cueillez-moi le premier rameau qui touchera votre chapeau sur le chemin du retour. »

Elle achète donc pour ses deux belles-filles des belles robes, des perles et des pierres précieuses et sur le chemin du retour, comme elle traverse à cheval un bosquet tout vert, un rameau de noisetier l'effleure et fait tomber son chapeau. Alors elle casse le rameau et l'emporte avec elle.

Et quand elle rentre à la maison, elle donne aux deux sœurs ce qu'elles ont demandé, et elle donne à Cendrillon le rameau de noisetier.

Cendrillon la remercie, elle va sur la tombe de son père, elle y plante le rameau et elle pleure tant et tant que ses larmes l'atteignent et l'arrosent.

Et alors le rameau se met à pousser, et il devient un bel arbre.

Cendrillon va sous ses branches trois fois par jour, et elle pleure et elle prie, et chaque fois un petit oiseau blanc vient se poser dans l'arbre et, quand elle exprime un souhait, aussitôt l'oiseau jette sur le sol ce qu'elle a demandé.

Mais voilà que le roi organise une grande fête qui doit durer trois jours.

Et toutes les belles jeunes filles du royaume y sont conviées pour que son fils puisse se choisir une fiancée.

Lorsqu'elles découvrent qu'elles peuvent s'y présenter, les deux sœurs sont tout excitées, elles appellent Cendrillon et lui disent : « Brosse nos cheveux, cire nos souliers et agrafe nos ceintures, on s'en va danser, au château du roi. »

Cendrillon obéit mais elle pleure car elle aurait bien aimé aller danser, elle aussi, et elle supplie le parâtre de lui en donner la permission.

« Ben alors Cendrillon, dit-il, tu es noire de crasse et de poussière et tu veux aller au bal ? Tu n'as ni robe ni chaussures et tu veux danser ? »

Mais comme elle le supplie sans relâche, il finit par lui dire : « Alors, je vais te verser un plein pot de lentilles dans les cendres, si tu arrives à les trier en deux heures de temps, tu auras le droit d'y aller. »

La jeune fille va dans le jardin par la porte de derrière et elle s'écrie :

« Chères et douces petites colombes, chères tourterelles, et tous les petits oiseaux du ciel
Venez m'aider à faire le tri
Les bonnes dans le pot
Les mauvaises dans le jabot. »

Alors deux colombes blanches entrent par la fenêtre de la cuisine, et puis des tourterelles, et puis pour finir tous les oiseaux du ciel arrivent à tire-d'aile et ils se posent dans la cendre.

Et les colombes piquent du bec et s'y mettent, *pic pic pic*, alors les autres s'y mettent aussi, *pic pic pic*, et ils déposent tous les bonnes graines dans le pot.

Et une heure est à peine passée que tout est déjà terminé, et ils s'envolent tous à l'horizon.

Alors la jeune fille ramène le pot au parâtre, elle est contente car elle croit maintenant qu'elle va pouvoir aller au bal.

Mais il lui dit : « Ben non, Cendrillon, tu n'as aucune robe, comment veux-tu aller danser ? Tu vas être ridicule. »

Et comme elle pleure, il lui dit : « Si tu arrives à me trier deux pleins pots de lentilles jetées dans la cendre en une heure de temps, tu auras le droit d'y aller. »

Il est persuadé qu'elle n'y arrivera jamais, au grand jamais.

Et maintenant qu'il a versé les deux pots de lentilles dans la cendre, la jeune fille va dans le jardin par la porte de derrière et elle s'écrie :

« Chères et douces petites colombes, chères tourterelles, et tous les petits oiseaux du ciel
Venez m'aider à faire le tri
Les bonnes dans le pot
Les mauvaises dans le jabot. »

Alors deux colombes blanches entrent par la fenêtre de la cuisine, et puis des tourterelles, et puis pour finir tous les oiseaux du ciel arrivent à tire-d'aile et ils se posent dans la cendre.

Et les colombes piquent du bec et s'y mettent, *pic pic pic*, alors les autres s'y mettent aussi, *pic pic pic*, et ils déposent tous les bonnes graines dans le pot.

Et une demi-heure est à peine passée que tout est déjà terminé, et ils s'envolent tous à l'horizon.

Alors la jeune fille rapporte le pot au parâtre, elle est contente car maintenant elle croit qu'elle va pouvoir aller au bal.

Mais il lui dit : « C'est du temps perdu, tu ne viens pas avec nous, tu n'as aucune robe, tu ne peux pas danser et en plus, tu nous ferais trop honte ! »

Là-dessus, il lui tourne le dos et il part à toute vitesse avec ses deux arrogantes de filles.

Et maintenant il n'y a plus personne à la maison, alors Cendrillon va sous le noisetier près de la tombe de son père et elle s'écrie :

« Petit arbre ! Ébroue-toi ! Secoue-toi !
D'or et d'argent couvre-moi !
Jette-les-moi ! Jette-les-moi ! »

Alors l'oiseau lui jette de là-haut une robe d'or et d'argent et des pantoufles en soie brodées d'argent.

Elle enfile la robe à toute allure et elle s'en va au bal.

Et là, les sœurs et le parâtre ne la reconnaissent pas. Elle est tellement belle dans sa robe en or, qu'ils la prennent pour une fille de roi d'un pays lointain.

Ils ne pensent pas une seconde à Cendrillon, ils pensent qu'elle est toujours à la maison, assise dans la crasse, à chercher des lentilles dans la cendre.

Le fils du roi s'approche d'elle, il lui tend la main et l'invite à danser.

Et maintenant, c'est la seule avec qui il veut danser, alors il ne lui lâche pas la main et, si quelqu'un d'autre veut l'inviter, il répond : « C'est ma cavalière. »

Elle danse jusqu'au soir, et puis elle veut rentrer à la maison.

Mais le fils du roi lui dit : « Je viens avec toi, je te raccompagne ! »

Il veut voir en effet d'où vient cette belle demoiselle.

Mais elle se sauve et elle se réfugie dans un pigeonnier.

Et maintenant le fils du roi attend que la mère arrive pour lui dire qu'une jeune fille étrangère s'est réfugiée dans son pigeonnier.

La mère se dit : Ce ne serait pas Cendrillon, par hasard ?

Et elle fait apporter une hache et un burin pour forcer la porte du pigeonnier, mais il n'y a personne là-dedans.

Et quand ils entrent dans la maison, ils trouvent Cendrillon couchée dans la cendre, dans sa robe crasseuse, et une petite lampe à huile toute terne éclaire la cheminée.

Car elle s'est dépêchée de sauter du pigeonnier par l'arrière, et puis elle a couru jusqu'au petit noisetier : là, elle a enlevé sa belle robe, elle l'a posée sur la tombe et l'oiseau l'a récupérée, et ensuite elle s'est assise dans la cuisine au milieu des cendres, dans son vieux tablier tout gris.

Le lendemain, la fête recommence et les parents et les sœurs y retournent, alors Cendrillon va sous le noisetier et elle dit :

« Petit arbre ! Ébroue-toi ! Secoue-toi !
D'or et d'argent couvre-moi !
Jette-les-moi ! Jette-les-moi ! »

Alors l'oiseau lui jette une robe encore plus somptueuse que la fois d'avant.

Et quand elle se montre au bal dans cette robe, tout le monde est stupéfait tant elle est belle.

Le fils du roi, qui jusque-là n'avait fait que l'attendre, la prend par la main et ne danse qu'avec elle.

Et quand d'autres viennent l'inviter, il répond : « C'est ma cavalière. »

Et maintenant que c'est déjà le soir, Cendrillon veut s'en aller, mais le fils du roi la suit pour savoir où elle habite.

Mais elle lui échappe dans le jardin derrière la maison, là où il y a un grand et bel arbre, couvert de poires magnifiques.

Elle crapahute dans les branches encore plus vite qu'un écureuil et voilà que le fils du roi ne sait plus où elle est passée.

Alors il attend que la mère revienne, et il lui dit : « La belle étrangère m'a échappé mais je crois qu'elle s'est réfugiée dans le poirier. »

La mère se dit : Ce ne serait pas Cendrillon par hasard?

Elle fait chercher une hache pour abattre l'arbre, mais il n'y a personne là-dedans.

Et quand ils entrent dans la cuisine, Cendrillon est là, couchée dans la cendre, comme d'habitude, car elle a sauté de l'arbre par l'arrière, elle a redonné à l'oiseau la belle robe sous le noisetier et elle a retrouvé son vieux tablier tout gris.

Le troisième jour, dès que les parents et les sœurs sont partis, Cendrillon retourne près de la tombe de son père et dit au petit arbre :

« Petit arbre ! Ébroue-toi ! Secoue-toi !
D'or et d'argent couvre-moi !
Jette-les-moi ! Jette-les-moi ! »

Et maintenant l'oiseau lui jette une robe tellement extraordinaire et tellement étincelante qu'elle n'en croit pas ses yeux, et les pantoufles sont d'or pur.

Quand elle arrive au bal dans cette robe, les gens ne savent plus quoi dire, tant ils sont impressionnés.

Le fils du roi ne danse qu'avec elle et, si quelqu'un veut l'inviter, il répond : c'est ma cavalière !

Et maintenant que c'est déjà le soir, Cendrillon veut s'en aller, et le fils du roi veut l'accompagner, mais elle s'enfuit tellement vite qu'il n'arrive pas à la rattraper.

Sauf que cette fois, le fils du roi a trouvé une ruse.

Il a fait enduire de poix tout l'escalier si bien que, lorsqu'elle s'enfuit, sa pantoufle gauche y reste collée.

Le fils du roi la ramasse, et elle est minuscule et délicate et tout en or.

Le lendemain matin, il va la montrer à la mère et il lui dit : « Je n'épouserai que celle qui aura le pied de la taille de cette pantoufle d'or. »

Alors les deux sœurs se réjouissent car elles ont de très jolis pieds.

L'aînée se retire dans sa chambre pour essayer la chaussure et le père l'accompagne.

Mais elle n'arrive pas à faire passer le gros orteil, la chaussure est trop petite, alors le père lui tend un couteau et lui dit : « Coupe-toi l'orteil. Quand tu seras reine, tu n'auras plus besoin de marcher. »

La jeune fille se coupe l'orteil, pousse de force son pied dans la chaussure, ravale sa douleur et va voir le fils du roi.

Alors il la prend sur son cheval, comme une fiancée, et ils s'en vont.

Mais ils passent tout près de la tombe, et là les deux colombes, posées sur le petit noisetier, s'écrient :

« *Roucoul roucoul roucoul !*
Y a du sang dans la *pantoul*
La *pantoul* est trop serrée
La vraie fiancée
Chez elle est restée ! »

Alors il regarde ses pieds et il voit qu'ils baignent dans le sang.

Il fait faire demi-tour à son cheval, il ramène la fausse fiancée, et il dit : « Ce n'est pas la bonne ! Il faut que l'autre sœur essaye la chaussure ! »

Alors celle-ci va dans sa chambre et elle arrive très bien à rentrer l'orteil mais, cette fois, c'est le talon qui dépasse.

Alors le père lui tend le couteau et lui dit : « Tranche-toi un bout de talon : quand tu seras reine, tu n'auras plus besoin de marcher. »

La jeune fille se tranche un bout de talon, pousse de force son pied dans la chaussure, ravale sa douleur et va voir le fils du roi.

Alors il la prend sur son cheval, comme une fiancée, et ils s'en vont.

Et quand ils passent devant le petit noisetier, les deux colombes y sont posées et elles s'écrient :

« *Roucoul roucoul roucoul!*
Y a du sang dans la *pantoul*
La *pantoul* est trop serrée
La vraie fiancée
Chez elle est restée! »

Il regarde ses pieds, et là il voit du sang plein la chaussure, et ses bas blancs sont tout rouges.

Alors il fait faire demi-tour à son cheval et il ramène la fausse fiancée chez elle.

« Ce n'est pas la bonne non plus, dit-il, vous n'avez pas une autre fille?

– Non, dit la femme, j'ai seulement de mon défunt mari une petite Cendrillon toute chétive et attardée, mais ça ne peut pas être elle, la fiancée, c'est impossible ! »

Le fils du roi lui dit qu'il veut quand même la rencontrer, mais la mère lui répond : « Mais non, enfin, elle n'est pas présentable, elle est trop sale. »

Mais comme il tient absolument à la voir, il faut bien aller la chercher.

Alors Cendrillon se lave les mains et le visage avant de passer la porte, et puis elle entre et elle s'incline devant le fils du roi, qui lui tend la chaussure en or.

Alors elle s'assied sur un tabouret, elle retire son sabot très lourd, elle glisse son pied dans la pantoufle, et elle est pile à la bonne taille.

Et quand elle se redresse, le fils du roi découvre son visage, et alors il reconnaît la belle jeune fille avec qui il a dansé, et il s'écrie : « La vraie fiancée, la voilà ! »

Le parâtre et les deux sœurs sont choqués et verts de rage.

Mais le fils du roi prend Cendrillon sur son cheval et s'en va avec elle.

Et quand ils passent près du petit noisetier, les deux colombes s'écrient :

« *Roucoul roucoul roucoul !*
Pas de sang dans la *pantoul*
La *pantoul* n'est pas serrée
La vraie fiancée
Chez elle est menée ! »

Et quand elles ont fini de chanter, elles arrivent à tire-d'aile, et elles s'asseyent sur les épaules de Cendrillon, l'une à droite, l'autre à gauche, et elles y restent.

Et quand vient l'heure du mariage, les sœurs menteuses rappliquent, elles veulent s'immiscer dans ce bonheur et en avoir une part, elles aussi.

Et maintenant, les mariés se dirigent vers l'église, et l'aînée marche à droite, et la plus jeune à gauche, et là, les colombes viennent leur picorer l'œil, chacune d'un côté.

Et après, quand elles ressortent, l'aînée se retrouve à gauche et la plus jeune à droite, alors les colombes viennent leur picorer l'autre œil, chacune d'un côté.

Et c'est ainsi qu'elles sont condamnées à être aveugles pour toujours, à cause de leur méchanceté et de leur hypocrisie.

⋆

Aschenputtel. Cendrillon. *Ici, j'ai voulu avoir un parâtre à la place d'une marâtre. C'est donc le père de Cendrillon qui meurt et sa mère qui se remarie avec un nouvel homme.*

La clé d'or

Un jour d'hiver, alors qu'il y a une épaisse couche de neige, une pauvre fille est obligée de sortir pour chercher du bois avec son traîneau.

Et maintenant qu'elle a ramassé et chargé le tout, elle est tellement frigorifiée qu'elle décide de faire un feu pour se réchauffer un peu, au lieu de rentrer directement à la maison.

Alors elle pousse la neige sur le côté et, en déblayant le sol, elle trouve une petite clé en or.

Alors elle se dit : S'il y a une clé, il y a forcément une serrure qui va avec !

Elle creuse la terre et elle trouve une petite boîte en fer.

Pourvu que ce soit la bonne, se dit-elle, il y a forcément des choses précieuses dans cette petite boîte.

Elle cherche mais il n'y a pas le moindre trou de serrure.

Pour finir, elle en trouve un mais il est tellement petit qu'on peut à peine le voir.

Elle essaye, la clé y rentre parfaitement bien.

Alors elle commence à tourner la clé, à tourner la clé, à tourner la clé, à tourner la clé, à tourner la cl...

Et maintenant il faut attendre qu'elle ait fini de tourner et qu'elle ouvre le couvercle pour savoir quelles choses merveilleuses il y a dans cette petite boîte.

⋆

Der goldene Schlüssel. La clé d'or. *Ici, pour finir, le petit garçon est devenu une petite fille, et allez, tourne, tourne, mais plus vite, qu'on sache enfin ce qu'il y a dans cette petite boîte !*

Table

Achevé d'imprimer en novembre 2023
dans les ateliers de Normandie Roto Impression s.a.s.
à Lonrai (Orne)

N° d'éditeur : 2868
N° d'édition : 613680
N° d'imprimeur : 2303634
Dépôt légal : octobre 2023
Imprimé en France